KB007504

**어쩌다 보니
스페인어였습니다**

어쩌다 보니
스페인어였습니다

초판 1쇄 인쇄 2019년 2월 18일
초판 1쇄 발행 2019년 2월 25일

지은이 하현

책임편집 김소영
홍보기획 문수정
디자인 신묘정

펴낸이 최현준·김소영
펴낸곳 빌리버튼
출판등록 제 2016-000166호
주소 서울시 마포구 양화로 15안길 3 201호(윤현빌딩)
전화 02-338-9271 **| 팩스** 02-338-9272
메일 contents@billybutton.co.kr

ISBN 979-11-88545-46-9 03810
ⓒ 하현, 2019, Printed in Korea

· 이 책은 저작권법에 따라 보호를 받는 저작물이므로 무단전제와 무단복제를 금합니다.
· 이 책의 내용을 사용하려면 반드시 저작권자와 빌리버튼의 서면 동의를 받아야 합니다.
· 책값은 뒤표지에 있습니다. 파본은 구입하신 서점에서 교환해 드립니다.
· 빌리버튼은 여러분의 소중한 이야기를 기다리고 있습니다.
  아이디어나 원고가 있으시면 언제든지 메일(contents@billybutton.co.kr)로 보내주세요.

이 도서의 국립중앙도서관 출판예정도서목록(CIP)은 서지정보유통지원시스템 홈페이지(http://seoji.nl.go.kr)와
국가자료공동목록시스템(http://www.nl.go.kr/kolisnet)에서 이용하실 수 있습니다.(CIP제어번호:CIP2019004913)

어쩌다 보니
스페인어였습니다

하현
지음

빌리버튼 billybutton

cero.

프롤로그

: 어쩌다 보니
 스페인어였습니다.

제2외국어 배우기.

말하자면 내게 그건 외발자전거 타기나 마찬가지였다. 살면서 한 번쯤 흥미를 가져 볼 수는 있겠으나 결코 실천에 옮기지는 않을 일. 해서 나쁠 건 없겠지만 하지 않아도 크게 아쉬울 건 없는 일. 학창 시절 선택 교과로 슬렁슬렁 배웠던 일본어와 중국어를 제외하면 내 인생에 제2외국어 같은 건 없었다. 그럴 만도 하지. 꼬박 이십 년을 배운 영어도 제대로 못하는 주제에 제2외국어가 웬 말인가.

나는 결코 탐험적인 인간은 못 된다. 딱히 자랑할 만한 속성은 아니지만 그렇다고 부끄러워할 것도 없다고 생각한다. 타고난 기질이 그런 걸 어쩌랴. 성격이라면 몰라도 성향을 개조하는 일은 거의 완벽하게 불가능에 가깝다.

유럽 여행을 위해 다달이 적금을 붓고 삶이 지루할 때마다 지난 여행을 떠올리는 친구들을 어디까지나 머리로만 이해한다. 바다 건너 낯선 나라의 아름다운 풍경은 나를 설레게 하지 못한다. 내가 감응하는 건 보다 현실적인 것들이다. 고양이와 강아지, 근사한 만년필, 주변 시세보다 저렴한 복층 오피스텔 같은 것들. 아무렇게나 쓸 수 있는 백만 원이 생긴다면 한 치의 망설임도 없이 여행이 아닌 아이패드 프로를 선택할 것이다. (애플펜슬까지 사는 건 아무래도 무리겠지…)

사람 일 어떻게 될지 모른다지만 서른 해 가까이 나를 관찰한 결과 앞으로도 해외여행을 취미로 삼거나 외국어로 업무를 처리하는 직업을 가질 일은 없을 것 같다. 그러니까 모양도 발음도 생소한 외국어 따위가 내 자랑이 될 일은 없을 것 같다는 얘기다. 아마도 확실히.

지극히 충동적인 결정이었다. 그럼에도 외발자전거를 타 보기로 한 것은. 늦은 봄, 두 번째 책의 원고 작업을 막 끝낸 뒤였다. 아직 미약하게나마 남아 있는 연초의 의욕을 쏟아낼 곳이 필요했지만 삶은 언제나처럼 지루했다. 똑같은 모양의 레고 블록을 끝없이 쌓고 있는 기분. 색이라도 좀 다르면 좋으련만. 경계가 불분명한 어제와 오늘 그리고 내일. 거기에 질려 있었던 것 같다.

그 무렵 합정의 한 카페에서 편집자를 만났다. 홍차 맛이 나는 아이스크림을 먹으며 서로의 새해 목표를 공유하다 우리는 좀 웃고 말았다. 리플레이 버튼을 누른 것처럼 작년과 똑같은 말을 되풀이하고 있었기 때문이다. 일상이 단조로운 건 그렇다 쳐도 삶의 목표마저 이렇게 한결같다니. "이러다 너무 평평한 인간이 될 것 같아요." 고민 상담을 가장한 푸념을 늘어놓았다.

"뭔가 새로운 걸 배워 보면 어때요? 일주일에 한두 번 정도면 크게 부담스럽지도 않을 것 같고…."

그 말이 이 모든 일의 시작이었다. 듣고 보니 그랬다. 일주일에 한두 번 학원에 가서 뭔가를 배우는 건 의지 박약형 인간이자 안전제일주의자인 나에게 아주 적합

한 일이었다. 여행처럼 목돈을 들일 필요도 없고 운동처럼 몸을 움직일 필요도 없으니 이 얼마나 안전한 도전인가!

약간의 고민 끝에 선택한 것은 외국어. 거창한 이유 같은 건 없었다. 접근성이 뛰어난 학원을 찾다 보니 아무래도 외국어였고 배워 본 적 없는 낯선 언어였으면 좋겠다는 조건을 만족시키려다 보니 스페인어였다. 그다지 멀지 않은 홍대에 학원이 있어서였나, 이야깃거리가 풍부한 언어라는 말에 혹해서였나. 그것도 아니면 그냥 특별해 보여서였나.

영어나 일본어가 두발자전거라면 스페인어는 외발자전거다. 아랍어나 폴란드어만큼 희소한 건 아니지만 내 주위에 스페인어를 세 마디 이상 할 수 있는 사람은 아무도 없다. 세상에 두발자전거를 잘 타는 사람은 얼마나 많은가. 웬만한 실력으로는 박수는커녕 눈길조차 받지 못할 것이다. 엄청난 묘기를 선보여야 자전거 좀 탄다는 말을 듣겠지. 하지만 외발자전거라면 얘기가 다르지 않을까. 그저 중심을 잡고 몇 초간 서 있는 것만으로도, 오십 미터쯤 직진하는 것만으로도 박수를 받을 수 있을지도 모른다.

적당한 노력으로 대단한 결과를 이루고 싶은 도둑놈 심보와 위험을 감수하지 않고 일상에 작은 균열을 내고 싶은 욕심. 그런 마음이 나를 배움의 길로 인도했다. 결연한 의지 같은 게 없었기에 마음이 편했다. 배움이란 무릇 숭고해야 한다고, 세상은 지금껏 나를 그렇게 가르쳤지만. 아니, 왜 꼭 그래야 하지? 이토록 가볍고 산뜻한 배움의 존재를 너무 오래 부정하며 살았다.

집에서 학원까지는 지하철로 한 시간.
도대체 스페인은 한국에서 얼마나 먼 나라일까. 짐작조차 할 수 없었다.

✛ 그런 얍삽한 마음으로 스페인어를 배우게 되었습니다. 스페인어에 대한 각별한 애정으로 이 책을 펼친 분들께 약간은 죄송한 마음입니다. 하지만 스페인어 공부는 즐거웠습니다. 내용을 전혀 모르고 관람한 영화처럼요. 그 의외의 기쁨을 여기 적어 봅니다. Encantada de conocerle. *만나서 반갑습니다.*

차례

Encantada de conocerle.

uno

내 이름은 루시

: 여러 종류의 자아를
  적당한 비율로 배합하는 일.

월요일 저녁 일곱 시 반. 3번 강의실에는 나까지 다섯 명의 사람들이 모여 있었다. 우리는 고개를 숙이고 각자의 핸드폰 액정에만 집중했다. 오랜만에 느껴 보는 어색한 공기였다. 새로운 곳에서 새로운 사람을 만나는 날은 혼란스럽다. 가지고 있는 몇 개의 자아를 어떤 비율로 배합해 내놓을지 결정해야 하기 때문이다.

어떤 사람에게 나는 굉장히 조용하고 소극적인 사람이다. 하지만 어떤 사람은 나를 '하또(하현 또라이)'라는 별명으로 부른다. 또 어떤 사람에게 나는 수다스럽다. 또또 어떤 사람에게는 좀처럼 다가가기 어려운 사람이기도 하다. 분명한 건 그게 전부 나라는 사실이다. 나는 아직 내가 아닌 채로 살아가는 방법을 모른다. 가지고 있지 않은 자아를 연기하는 재능이 안타깝게도 내게는 없는 것 같다.

여러 종류의 자아를 적당한 비율로 배합하는 일에 자주 실패했다. 그건 너무 어려운 일이었다. 적당함의 기준은 매번 달랐다. 상황에 따라, 상대에 따라, 관계에 따라. 어떤 태도를 보여야 좋을지 도무지 알 수 없을 때면 모든 자아를 비슷한 비율로 섞었다. 그러고 나면 무채색에 가까운 인간이 됐다. 안전한 선택이었다. 안전한 것들이 대개 그렇듯 재미는 없었다.

본격적인 수업을 시작하기 전 한 명씩 돌아가며 자기소개 비슷한 걸 했다. 하는 일과 스페인어를 배우게 된 동기를 말하는 시간이었다. 강의실의 사람들은 가지고 있는 것 중 가장 정적이고 희미한 자아를 꺼내 놓은 것처럼 보였다. 친한 사람과 있을 때의 그들을 상상하며 성의껏 고개를 끄덕였다. 내 소개를 듣는 그들의 표정은 보지 못했다. 일부러 보지 않은 걸지도 몰랐다. 작게 반응하는 사람 앞에서 말할 때 나는 최고로 찌질해지니까.

3번 강의실에서 나는 상대적으로 적극적이고 쾌활한 사람이 됐다. 아마도 선생님 때문이었을 것이다. 그의 살가운 말들이 정적 속에 묻히는 게 싫어서. 혼자 신난

(사실은 신난 척해야 하는) 사람을 가만히 지켜보는 건 조금 슬픈 일이다. 월요일 수요일 저녁마다 슬플 자신이 없어서 많이 웃고 크게 대답했다.

첫 번째 숙제는 학원에서 사용할 스페인어 이름 만들어 오기. 인터넷 쇼핑몰 아이디를 만들 때도 쓸데없이 한참을 고민하는 내게는 쉽지 않은 일이었다. 이틀 내내 포털 사이트에 '스페인어 여자 이름', '스페인어 이름 추천' 같은 걸 검색했다. 고민 끝에 고른 이름은 루시(Lucy). '빛나다'라는 뜻을 가진 동사 'lucir'에서 파생된 것으로 영어권에서도 흔히 볼 수 있는 이름이다.

선생님은 루시라는 이름이 귀엽고 깜찍한 느낌이라고 했다. 그래서 내게 잘 어울린다고 했다. 그런 느낌과 거리가 먼 나는 깜찍한 루시를 받아들이는 게 어색하고 쑥스러웠다. 아무리 생각해도 나는 루시보다 현에 가까운 것 같았다.

내가 아는 루시들을 떠올려 봤다. 〈나니아 연대기〉의 루시, 《내 이름은 루시 바턴》의 루시, 〈루시〉의 루시. 이제 나는 그들과는 다른 홍대의 루시를 만들어 갈 것이다. 새로운 이름이 생기는 건 새로운 자아가 생기는 것. 이번에는 과연 적당한 비율을 찾을 수 있을까.

오늘 밤의 루시는 침대에 누워 저녁에 배운 몇 개의 문장을 복습한다.

¡Hola, Lucy! Buenas noches.
안녕, 루시! 좋은 밤이야.

dos.

거울 앞에서 혀 내밀기

: 안 되는 건
  빠르게 포기하세요.

첫 시간에는 알파벳을 배웠다. 스페인어 알파벳은 다섯 개의 모음과 스물두 개의 자음으로 구성되어 있다.(2010년 개정된 철자법 기준.)

A a	B b	C c	Ch ch	D d
a	be	ce	che	de
E e	F f	G g	H h	I I
e	efe	ge	hache	i
J j	K k	L l	Ll ll	M m
jota	ka	ele	elle	eme
N n	Ñ ñ	O o	P p	Q q
ene	eñe	o	pe	cu
R r	S s	T t	U u	V v
erre	ese	te	u	uve
W w	X x	Y y	Z z	
uve doble	equis	I griega	zeta	
doble u		ye		
doble ve				

라틴어에서 파생된 스페인어 알파벳은 영어와 매우 유사하다. 가장 큰 차이는 발음. 영어와 다르게 H(hache, 아체)를 묵음으로, J(jota, 호따)를 'ㅎ'으로, Z(zeta, 쎄따)

를 'ㅆ'으로 발음한다. 스페인 사람들은 SNS에 댓글을
달거나 메시지를 주고받을 때 'jajaja'라는 말을 쓴다. 영
어로 치면 'hahaha', 한국어로 치면 'ㅋㅋㅋ'나 'ㅎㅎㅎ'
같은 것이다.

스페인어는 진입 장벽이 그리 높지 않은 언어다. 위에
서 말한 몇 가지 경우를 제외하고는 대부분 보이는 대로
발음하기 때문이다. 'China'는 '치나'로, 'Canada'는 '까
나다'로. 그 정직함이 마음에 들었다. 오, 이거 좀 쉬운
것 같은데?

스페인어를 유창하게 구사하는 내 모습을 상상해 봤
다. "¡Hola! ¿Cómo estás?" 어쩌면 먼 미래에 소피아나
미겔 같은 이름을 가진 친구들의 안부를 묻게 될지도 모
를 일이었다. 음… 드디어 나도 외국어 하나쯤 할 수 있
게 되는 건가. 집에 가면서 유로 환율을 검색해 볼까. 김
칫국을 사발째 들이켜고 있는데 문제의 그 발음이 등장
했다. 믿었던 친구에게 뒤통수를 맞은 기분이었다.

스페인어에는 굉장히 특이한 발음이 있다. 도블레 에레. 'r'로 시작하거나 중간에 'rr'이 들어가는 단어를 발음할 때면 혀를 굴려야 한다. "우르르르르, 까꿍!"을 떠올리면 어떤 느낌인지 대충 감이 올 것이다.

예를 들어 개를 뜻하는 'perro'는 '뻬로'가 아니라 '뻬르ㄹㄹ로'라고 발음한다. '뻬로'는 'pero', '하지만'이라는 뜻이다. 'ferrocarril(철도)'이라는 단어를 보고는 경악을 금치 못했다. '뻬르ㄹㄹ로까르ㄹㄹ릴', 스페인 사람으로 다시 태어나지 않는 이상 불가능할 것 같은 발음이었다. 아르르르, 우르르르, 에르르르. 선생님을 따라 열심히 혀를 굴려 봤지만 내 입에서는 "아.르.르.르."하는 정직한 소리만 났다. 다른 사람들도 마찬가지라는 사실이 그나마 작은 위로가 됐다.

선생님은 처음에는 안 되는 게 당연하니 발음 때문에 너무 스트레스를 받지 말라고 당부했다. 드물긴 하지만 원어민 중에서도 이 발음이 제대로 되지 않는 사람이 있단다. 스페인어를 전공한 그는 학부 시절 친구들과 도블레 에레를 연습했던 이야기를 들려주었다. "얘드르ㄹㄹㄹ아, 우르ㄹㄹ리 같이 노르ㄹㄹ래방 갈래?" 한국어의 리을 발음을 몽땅 도블레 에레로 바꿔 한참 동안 연습하고 나서야 겨우 혀를 굴릴 수 있게 됐다고. 그 어려운 발음을 조금도 힘들이지 않고 하는 게 신기해서 넋을 놓고 바라봤다.

도블레 에레 발음은 꾸준히 연습하다 보면 거짓말처럼 어느 순간 갑자기 된다고 한다. 하지만 그 말 앞에는 한 가지 전제가 붙었다.

'될 사람은' 언젠가 된다.

아니, 그럼 애초에 안 될 사람도 있다는 말인가! 그걸 확인하기 위해서는 일단 혀를 쭉 내밀어 봐야 했다. 최대한 내밀어도 아랫입술 밑으로 내려오지 않으면 그냥 깔끔하게 포기하는 게 낫다. 우리는 동시에 혀를 내밀어

각자의 길이를 짐작해 봤다.

아랫입술 밑으로 내려오지 않을 만큼 짧은 혀를 가진 사람이 지금까지 딱 한 명 있었다고 한다. 짧은 혀 때문에 전설이 된 사람. 그 말을 듣자 조금 불안해졌다. 나는 종종 시옷 발음을 번데기 발음처럼 한다는 지적을 받곤 하니까. 혹시 내가 학원의 짧은 혀 역사를 새로 쓰게 되는 건 아닐까? 쭉 내밀었던 혀를 얼른 집어넣었다.

집에 돌아와 거울 앞에서 다시 혀를 내밀어 봤다. 다행히 내 혀는 걱정했던 것처럼 짧지 않았다. 될 사람의 자격을 갖추었으니 이제 열심히 연습만 하면 될 일이었다. 아르르르, 우르르르, 에르르르. 하지만 혀는 생각처럼 움직여 주지 않았다. 아.르.르.르. 우.르.르.르. 에.르.르.르.

고백하자면 나는 아직도 도블레 에레 발음을 하지 못한다. 될 사람이니 언젠가 되겠지 하는 마음에 열심히 연습하지 않은 탓이 가장 크다. 그런데 뭐, 그게 어때서.

정작 스페인 사람들은 다른 사람의 발음을 크게 신경 쓰지 않는다고 한다. 발음이 정확하지 않아도 문맥으로 대충 이해할 수 있으니 개(perro)가 하지만(pero)이 되는 일은 없을 것이다.

"안 되는 건 빠르게 포기하세요."

원어민 같은 도블레 에레 발음보다 조금 더 멋졌던 선생님의 말을 떠올려 본다. 그래, 나도 포기를 가르칠 줄 아는 어른이 되고 싶었지.

+ 이 글을 쓰다가 다시 한번 거울 앞에서 혀를 내밀어 보았습니다. 그새 혀가 짧아졌다거나 하는 일은 일어나지 않았습니다. 이번에는 조금 아쉬웠습니다. 도블레 에레 발음을 하지 못하는 그럴싸한 이유를 놓친 것 같았달까요…. 어쩔 수 없이 다시 연습해야겠습니다. 아.르.르.르.

tres.

la chica, una chica

: 정관사적 삶,
  부정관사적 삶.

그 소년은 선망의 대상이었다. 어디 하나 모난 곳 없는 호감형 외모에 훤칠한 키, 반듯한 성격. 어디 그뿐인가. 전교는 너무 좁아 전국에서 노는 성적, 모범생답지 않게 뛰어난 운동신경과 친화력. 소문에 의하면 집도 좀 사는 것 같았다. 세상은 결코 공평하지 않으며 뭘 하든 될 놈은 되고 안 될 놈은 안 된다. 걔 때문… 아니, 걔 덕분에 인생의 진리를 일찍이 깨우칠 수 있었다. 누구보다 혹독하게 앓았던 중2병의 직간접적 원인이기도 했다.

학교의 수많은 여자애들처럼 나도 걔를 좋아했다. 그랬다, 걔는 내 인생 첫 짝사랑 상대였던 것이다. 누군가 첫사랑 이야기를 물을 때면 걔 때문에 버벅거렸다. 저기… 짝사랑도 첫사랑으로 치는 건가요? 이렇게 글로 옮겨 놓으니 어쩐지 한층 더 없어 보이는 기분이다. 역시 세상은 불공평하고 적어도 연애에 있어서 나는 안 될 놈인 것 같다.

학년이 올라가면서 걔랑 반이 갈렸다. 이제 체육 시간

에 축구하는 모습도 볼 수 없겠지. 정답을 아는 수학 문제를 모르는 척 물어볼 수도 없겠지. 똘똘 뭉쳐 다녔던 단짝 친구들과(개들 중 한 명도 그 애를 좋아했지만 우리의 우정은 굳건했다) 헤어진 것보다 더 속상했다.

	정관사		부정관사	
	단수	복수	단수	복수
남성	el	los	un	unos
여성	la	las	una	unas

영어나 독일어처럼 스페인어에도 관사가 존재한다. 한국어에는 없는 개념이지만 영어의 'the', 'a/an'을 떠올리니 이해가 어렵지는 않았다. 스페인어 관사 역시 정관사와 부정관사로 나뉜다. 그 안에서 다시 단수형과 복수형, 여성형과 남성형으로 나뉘니 총 여덟 개의 관사를 상황에 따라 적절하게 사용해야 하는 것이다. 세 개도 많은데 여덟 개라니! 한숨이 절로 나왔지만 힘을 내기

로 했다. 무려 스물여덟 개의 관사를 자랑하는 관사 지옥 독일어를 선택하지 않은 나에게 박수와 함성을. (짝짝 짝!)

이 많은 관사들을 도대체 어떻게 사용하냐고? 정관사의 경우 이미 알고 있는 대상 혹은 유일한 존재를 언급할 때 사용한다. '인간은 모두 죽는다', '고양이는 포유류다'처럼 특정한 종을 대표할 때 쓰기도 한다. 부정관사는 정관사의 반대 개념이다. 정해지지 않은 대상이나 많은 것들 중 일부를 언급할 때 사용한다.

그래서 아래의 두 문장은 비슷해 보이지만 다르다.

1. Vi a una chica.

   한 소녀를 보았다.

2. Vi a la chica.

   그 소녀를 보았다.

'한 소녀'와 '그 소녀'는 다르다. 많은 소녀들 중 하나와 모두가 알고 있는 그 소녀. 둘의 거리는 멀어도 한참 멀다. 굳이 비교하자면 서울에서 부산 정도랄까. 아니면 제주? 뭐가 됐든 엄청나게 멀다는 소리다.

그 소식을 들은 건 새학기가 시작되고 며칠이 지나서였다.

"야, 걔 수영이랑 사귄대! 작년부터 만났다는데 너도 몰랐어?"

와르르, 마음의 한 부분이 무너졌다. 수영이는 새로 바뀐 반에서 가장 인기 많은 애였다. 나보다 키가 한 뼘은 커서 같이 있으면 언니처럼 보였다. 착하고 웃겨서 친구도 많았다. 속칭 '노는 애'에 속하면서도 앞자리에 앉은 나를 무시하지 않았다. 우리의 '그 소년'처럼 수영이 역시 많은 남자애들에게 '그 소녀'였을 것이다.

나는 공개 연애를 선언한 그 소년과 그 소녀의 다정한 모습을 지켜보는 한 소녀. 드라마로 치자면 '학생 3' 또는 '행인 2' 정도였다. 라디에이터에 기댄 채 유자차를 나눠 마시는 둘의 모습을 본 날에는 집에 돌아와 삐죽삐죽 울었다. 어디서 본 건 있어서 화장실에 들어가 물을 틀어 놓고 울었는데 거울에 비친 내 모습이 너무 구질구질해 보여서 조금 울다 말았다.

주관적으로 보든 객관적으로 보든 수영이는 참 괜찮은 애였다. 그 소년 옆에는 그 소녀가 있는 게 맞다고, 한 소녀에게 어울리는 건 연애보다 짝사랑이라고. 자랑할 거라곤 풍부한 감수성이 전부였던 열다섯의 나는 최선을 다해 지지리 궁상을 떨었다.

따지고 보면 세상에 주인공 아닌 사람이 어디 있을까. 흥행에 성공했든 실패했든 우리는 모두 어떤 영화의 주인공이다. 하지만 극소수에 불과한 정관사적 삶의 파급력이 너무 커서 부정관사적 삶의 주인공들은 자신 역시 어느 삶의 주인공이라는 사실을 자주 잊고 산다.

혜성처럼 등장한 los chicos(그 소년들), 슈퍼주니어 덕분에 첫 짝사랑을 끝내는 일은 생각보다 수월했다. 나이를 먹고 그때와 다른 가치관을 확립하면서 정관사적 인물을 사랑하는 행위, 그러니까 소위 '덕질'이라 불리는 취미를 버리게 됐지만 한없이 어리고 여렸던 그 시절의 나는 몇 명의 '그 소년들'을 좋아하며 뜨겁게 행복했던 것 같다.

cuatro

주스는 델몬트,
냉장고는 디오스

: 아는 만큼 보이는
 생활 속 스페인어.

뒤늦게 영화 〈인사이드 아웃〉을 봤다. "난 애니메이션 별로 안 좋아해. 아름답긴 한데 몰입이 잘 안 되거든." 호기롭게 말하고 다닌 게 무색하게 홀쩍홀쩍 울면서 보느라 오징어를 반도 못 먹었다. 영화가 끝나니 침대 곳곳에서 눈물 콧물로 축축해진 크리넥스 뭉치가 발견됐다.

기쁨이, 슬픔이, 버럭이, 소심이, 까칠이. 다섯 개의 캐릭터는 서로 협력하고 충돌하며 그들이 맡은 인물을 조종한다. 감정의 운전대를 버럭이가 차지하면 인물은 분노하고, 슬픔이가 차지하면 깊은 우울에 빠진다.

내 마음에는 여섯 번째 캐릭터가 산다. 이름은 빈정이. 걔는 나설 때와 아닐 때를 구별하지 못하고 아무 때나 운전대를 잡으려 든다. 스페인어를 배우기로 결심하고 학원에 처음 전화를 걸었던 날도 마찬가지였다. 빈정이는 팔짱을 끼고 서서 다른 캐릭터들의 의견 하나하나에 토를 달았다.

기쁨이: 와! 스페인어라니 멋진걸? 왠지 특별해 보이잖아. 얼른 배우고 싶어!

빈정이: 주변에 스페인어 배우는 사람이 왜 없겠냐? 쓸모가 없잖아, 쓸모가.

까칠이: 야, 넌 왜 말을 그렇게 해. 혹시 알아? 나중에 스페인 갈 수도 있지.

빈정이: 얘 비행기 못 타잖아. 스페인까지 배 타고 갈래? 이 멍청아. 두 달은 걸리겠다.

슬픔이: 아니… 배 타고는 못 가지….

빈정이 친구 버럭이: 어휴, 그거 배워서 잘도 써먹겠다. 차라리 영어를 배워라!

소심이: 영어 학원은 무섭단 말이야….

맞아, 스페인어 배워서 언제 한 번이라도 써먹긴 할까? 살면서 누가 스페인어로 말하는 걸 들어 본 적도 없는데…. 소득도 없이 헛고생만 하는 거 아니야? 아, 괜히 배운다고 했나…. 계속되는 빈정이의 공격에 기가 팍 죽었다.

그런데 웬걸! 나는 이미 꽤 많은 스페인어를 알고 있었다. 스페인어 배워서 어디 써먹냐고? 잠깐만, 빈정아. 빈정대지 말고 일단 내 얘기 좀 들어 봐. 오늘만 해도 우리 스페인어를 몇 번이나 보고 들었다니까.

1. 수업이 끝나면 참새 방앗간처럼 들르는 홍대 북스 리브로. libro는 스페인어로 책이라는 뜻이다. Books Libro. 굳이 직역하자면 '책들, 책' 정도랄까. 스페인어도 영어처럼 복수형을 나타낼 땐 's'를 붙이니 '책들'이라 말하고 싶다면 libros라고 쓰면 된다.

2. 주스는 델몬트. 너무 익숙해서 어느 나라 말인지 의문을 가져 본 적도 없는 '델몬트' 역시 스페인어다. Del Mont는 '산에서 온'이라는 뜻이다. 산에서 수확한 과일의 신선함을 표현하고 싶었던 걸까. 마트에서 델몬트 로고를 보면 원래 알고 있었다는 듯 지식을 뽐내 보자.

3. 페루 앞바다의 수온이 평년보다 높아지는 엘니뇨 현상과 동태평양의 수온이 평년보다 낮아지는 라니냐 현상. niño는 소년을, niña는 소녀를 의미하는 스페인어다. 두 단어 앞에 정관사가 붙어 el niño, la niña가 된다.

4. LG 냉장고를 사용하는 중이라면 스페인어는 당신의 주방에도 침투해 있다. Dios는 신이라는 뜻의 스페인어다. 자사 제품명을 신이라고 짓다니…. 대기업의 패기와 자신감을 본받고 싶다. 아무도 안 궁금하겠지만 우리 집 냉장고는 지펠이다.

5. 바야흐로 편의점 전성시대. 거리에 깔린 게 편의점이니 오늘도 분명 파라솔 하나쯤은 마주쳤겠지. 파라솔은 '멈추다', '세우다'라는 뜻의 parar(3인칭 단수 형태로 변형하면 'para'가 된다)와 태양을 뜻하는 sol의 합성어다. 우리 식으로 말하자면 '태양 가리개' 정도랄까. 음… 직역하니 왠지 북한에서 쓸 것 같은 단어가 됐다.

6. 2015년 어마어마한 인기를 끌었던 걸그룹 여자친구

의 '오늘부터 우리는'. 이 노래의 가사에 등장하는 생소
한 언어도 스페인어다. Me gustas tu. '나는 당신을 좋
아해요.'라는 달콤한 고백의 말. 나는 사랑한다는 말보
다 좋아한다는 말을 조금 더 좋아한다.

짝짝짝, 축하합니다. 가만히 앉아 책만 읽었을 뿐인데
벌써 여섯 개의 스페인어 단어를 배웠습니다. 이토록 재
미있고 유익한 책을 고른 당신, 독서 좀 하시는군요?

위에서 언급한 것들 말고도 우리는 생활 속에서 다양
한 스페인어를 사용하고 있다. 요즘은 그런 단어를 발
견할 때마다 아는 척하기 바쁘다. 듣는 사람은 좀 재수
없을지 몰라도 나는 즐거우니 됐다. 아는 만큼 보인다는
말을 이렇게 실감한다.

스페인어는 생각했던 것보다 훨씬 활용도 높은 언어
였다. 통계에 따르면 전 세계에서 스페인어를 모국어로
사용하는 인구는 4억 5천만이 넘는다고 한다. 중국어에
이어 두 번째로 많이 사용되는 언어. 그러니까 빈정이의

추측은 완전히 틀린 것이다. 빈정아, 그거 아니? 영어보다 스페인어가 더 많이 쓰인대. 내가 지금 이렇게 대단한 언어를 배우고 있는 거란다.

+ 그러고 보니 요즘 빈정이가 통 보이질 않네요. 아무래도 자기 말이 틀렸다는 걸 깨닫고 단단히 빈정이 상했나 봅니다. 어휴, 얘는 도대체 언제쯤 철이 들려나….

cinco.

성을 가진 명사들

: 기본형이 될 수 없는 사람.

언제나 찾아오는 부두의 이별이

아쉬워 두 손을 꼭 잡았나

눈앞의 바다를 핑계로 헤어지나

남자는 배 여자는 항구

정답게 지내던 이웃들과 양념갈비를 배불리 먹고 소
화나 시킬 겸 들른 노래방이었다. 퀴퀴한 곰팡내가 진동
하는 노래방에서 엄마들은 한껏 들뜬 얼굴로 이 노래를
불렀다. 태생이 샌님이라 남들 앞에서 춤추고 노래하는
일이 죽기보다 싫었던 나는 구석에 앉아 짤랑짤랑 건성
으로 탬버린을 흔들고 있었다.

엄마가 부르는 노래를 유심히 듣다 보니 의문이 생겼
다. 남자는 배, 여자는 항구라고? 나는 배가 되어 먼 바
다로 나가고 싶었지 항구가 되어 언제 올지 모를 배를
기다리고 싶지 않았다. 아직 세상을 모르는 내가 보기에
도 그건 너무 재미없고 수동적인 역할 같았다.

하지만 이런 생각을 입밖에 낼 수는 없었다. 안타깝게

도 내 삶에 이런 종류의 예민함을 갖춘 어른은 단 한 명도 없었다. 남자는 배, 여자는 항구. 짧은 가사를 곱씹으며 사과맛 데미소다를 홀짝였다. 마이크를 넘겨받은 아빠들이 뒤이어 윤수일의 아파트를 열창했다. (별빛이 흐르는 다리를 건너~ 으쌰라 으쌰!)

모두가 즐거웠던 그날 나 혼자만 느꼈던 찜찜한 기분을 학원에서 다시 마주했다. '명사와 형용사의 성(性)' 챕터를 공부하는 날이었다. 스페인어는 내가 배워 본 몇 개의 외국어 중 가장 적극적으로 성을 구분하는 언어다. 양성명사를 제외한 명사들은 모두 여성형 혹은 남성형으로 구분된다. 그렇다면 다음 중 어떤 그룹이 여성명사이고 어떤 그룹이 남성명사일까?

〈A〉

자동차(coche), 책(libro), 하늘(cielo), 태양(sol),

낮(día), 스테이크(filete)

〈B〉

집(casa), 꽃(flor), 땅(tierra), 달(luna), 밤(noche),

우유(leche)

스페인어를 전혀 모르는 사람이라도 쉽게 알아챌 수 있을 것이다. 〈A〉는 남성명사, 〈B〉는 여성명사라는 것을. 남자는 하늘이요 여자는 땅이니라. (엣헴!) 양기를 뿜는 태양은 남자와 같고 음기를 뿜는 달은 여자와 같다. (세상의 이치가 그렇단 말일세, 크에헴!) 오, 세상에…. 질리도록 들어서 한 번만 더 들으면 귀에 딱지가 앉을 것 같은 고루한 동양 사상을 남유럽의 언어에서 만나게 될 줄이야. 모든 게 평화로운 강의실에서 내 속만 쓰렸다.

명사의 성에 따라 형용사의 형태도 달라진다. '키가 큰', '높은'이라는 의미를 가지고 있는 'alto'는 다음과 같이 사용된다.

1. Juan es **alto**.

   후안은 키가 크다.

2. Ana es **alta**.

   아나는 키가 크다.

3. El árbol es **alto**.

   그 나무는 높다.

4. La mesa es **alta**.

   그 탁자는 높다.

여성명사를 수식하는 형용사의 끝에는 'a'가 붙는다. 남성명사가 피곤하면 cansado, 여성명사가 피곤하면 cansada. 남성명사가 차가우면 frío, 여성명사가 차가우면 fría. 이렇게까지 적극적으로 성을 구분하는(그러니까 마치 목욕탕처럼) 언어를 배워 본 적이 없어서 수업을 듣는 동안 몇 번이나 놀랐다.

신분이나 국적, 직업을 나타낼 때도 마찬가지. 같

은 한국인이라도 남성일 경우 coreano로, 여성일 경우 coreana로 써야 한다. 남자 의사는 médico, 여자 의사는 médica. 어떤 경우에도 기본형은 남성 단수형이다. 남자 한국인과 여자 한국인이 함께 있다면 그들은 coreanos 가 된다. 아흔아홉 명의 여자와 한 명의 남자로 구성된 집단이라 해도 그들을 수식하는 형용사는 남성형이다. 나는 왜 이 규칙에서 익숙한 불편함을 느꼈을까. 여교사, 여의사, 여배우, 여비서, 여류작가, 여가수. 그들의 'a'는 우리의 '여'였다.

내 이름은 루시. 나는 기본형이 될 수 없다. 여교사 (profesora), 여비서(secretaria), 여학생(alumna)은 될 수 있을지 몰라도 교사(profesor), 비서(secretario), 학생 (alumno)은 될 수 없는 것이다. 익숙한 전개에 씁쓸함을 느낀다. 작가가 되고 싶다는 나를 굳이 '여류작가'로 지칭하던 어떤 사람들을 떠올려 본다.

차별의 역사는 너무 깊고 견고하다.

동아시아의 작은 나라에서도, 저기 멀리 유럽과 남미에서도.

seis.

없는 말을
만드는 마음

: 하나의 목적어를 위한 동사.

merendar

: 간식먹다

음식이 맛있기로 소문난 스페인에서는 하루에 다섯 끼를 먹는다. 아침(desayuno), 오전 간식(almuerzo), 점심(comida), 오후 간식(merienda), 저녁(cena). 다섯 끼를 전부 챙겨 먹고 나면 자정 무렵이 되기도 한다고. '간식먹다'라는 뜻을 가진 동사까지 따로 있는 걸 보면 괜히 미식의 나라로 불리는 게 아니구나 싶다.

내가 아는 어떤 사람은 '고양이하다'라는 동사가 들어간 시를 썼다. 고양이를 사랑하는 사람들에게 그 말은 아주 많은 의미인 동시에 단 하나의 의미이기도 하다. 우리는 만날 때마다 늘 고양이 이야기를 한다.

어떤 모양일까. 너무 좋아해서 없는 말을 만드는 마음은. 하나의 목적어를 위한 애칭 같은 동사, 귀여운 말 놀이. 그런 말 몇 개쯤 손에 쥐고 있으면 이 험난한 세상과 그럭저럭 싸워 볼 수 있을 것 같다. 사는 게 조금은 덜 막막할 것 같다.

siete.

Media naranja

: 오렌지 반쪽,
  나의 소울메이트.

푹신한 침대에 누워 핸드폰 보고 과자 먹으며 보내는 두 시간은 찰나 같지만, 딱딱한 의자에 앉아 공부하는 두 시간은 영겁처럼 느껴진다. 마음 같아서는 스페인어를 배우는 게 너무도 즐거워 시간 가는 줄 몰랐다고 쓰고 싶지만 신성한 책에 거짓을 고할 수는 없는 법. 자발적이든 강제적이든 공부는 공부다. 공부가 세상에서 제일 재미있다는 사람들이 나는 진심으로 신기하다. 아니 그렇잖아요. 어떻게 공부가 마냥 즐거울 수 있지?

하루 일과를 마치고 간단한 음식으로 요기한 뒤 쾌적한 강의실에 앉아 있으면 몸도 마음도 나른해진다. 어디선가 슬그머니 잠귀신이 나타나 모두의 눈꺼풀을 무겁게 만들 때면 선생님은 분위기 전환을 위해 흥미로운 이야기를 하나씩 들려준다. 결국 다 공부에 도움이 되는 이야기지만 지루한 문법 설명이 아닌 스페인의 문화와 실제 언어생활에 대한 이야기는 무척이나 재미있다.

오늘의 주제는 애칭. 정열과 낭만의 나라로 유명한 스

페인답게 특별한 관계에서 사용하는 애칭들도 강렬했다. Mi amor(내 사랑), Mi cielo(내 하늘), Mi vida(내 생명, 내 삶), Mi tesoro(내 보물). 사랑도 우정도 음식도 담백한 걸 최고로 치는 나는 차마 입에 담을 자신이 없는 말들이었다. ¡Mi vida! 공공장소에서 누군가 나를 이렇게 부른다고 상상하면 온몸에 소름이 돋는 것 같다. (엄마… 나 집에 갈래.)

누텔라보다 달콤하고 까르보나라보다 느끼한 단어의 향연 속에서 내 눈길을 사로잡은 건 Media naranja. 한국어로 말하면 '오렌지 반쪽'이다. 스페인에서는 소울메이트 같은 사람을 오렌지 반쪽이라는 애칭으로 부른다. 반쪽밖에 존재하지 않았던 내가 나머지 반쪽 당신을 만나 하나가 된다는 의미. 사과도 토마토도 레몬도 아니고 오렌지라니! 이 사람들 정말 귀여워도 너무 귀엽다.

사전을 찾아보니 Media naranja는 꼭 연인 사이에서만 쓸 수 있는 말이 아니었다. 반려자, 남편, 아내보다 훨씬 멋진 뜻풀이가 첫 번째로 등장한다.

media naranja

1. [구어] 취미나 성격이 잘 맞는 사람

2. [구어] 반려자, 남편, 아내

(출처 : 민중서림 엣센스 한서사전)

취미나 성격이 잘 맞는 사람. 그런 사람이 삶을 얼마나 풍족하게 만드는지 나는 잘 안다. 고양이 이야기로만 세 시간을 떠들 수 있는 사람, 별것도 아닌 일로 눈물이 맺히도록 깔깔댈 수 있는 사람, 한 이불 덮고 누워 좋아하는 감독의 영화를 볼 수 있는 사람, 사랑하는 작가의 소설이 얼마나 좋은지 아무리 과장해서 이야기해도 면박을 주기는커녕 오히려 한술 더 뜨는 사람, 만날 때마다 떡볶이만 먹자고 해도 무조건 좋다고 해주는 사람.

이 글을 쓰다가도 한 친구에게 전화가 왔다. 사십 분간 수다를 떠는 동안 사흘 치 웃을 걸 다 웃었다. 뜨끈

하게 달아오른 핸드폰을 내려놓고 다시 글을 마무리한다. 오렌지 반쪽 같은 내 영혼의 짝꿍들. 새콤하고 달콤한 그들 덕분에 반쪽으로 존재하면서도 온전한 기쁨과 행복을 누리며 산다. 우리는 세상에서 제일 멋진 오렌지야!

+ 가만히 생각해 보니 '내 심장', '내 하늘', '내 보물'보다 오렌지 반쪽이 더 느끼하고 유치한 것 같기도 합니다. 아무렴 어때요. 듬뿍 사랑합니다, 오렌지 반쪽 같은 나의 독자님.

ocho.

ser 동사와
estar 동사

: 본질과 상태,
  존재를 구성하는 것들.

영어를 본격적으로 배우기 시작했던 때를 떠올려 본다. 다 썩은 유치가 빠지고 영구치가 나기 시작하던 시절. 아빠가 아직 공무원이었던 시절. 엄마는 집에서 멀지 않으면서 평판이 괜찮은 영어 학원을 찾는 일에 열심이었다.

학원 정보에 빠삭한 재희 엄마의 소개로 다니게 된 그곳은 일반적인 영어 학원과 조금 달랐다. 외국에서 젊은 시절을 보낸 원장 선생님의 교육 방침에 따라 문법 교재 대신 미국 동화책으로 수업을 진행했다. 정확히는 기억나지 않지만 학원 이름도 무슨무슨 어학원이 아닌 영어 도서관이었던 것 같다.

그곳에서의 첫 수업을 아직도 잊을 수 없다. 개구리와 두꺼비가 등장하는 동화책을 한 문장씩 돌아가며 읽던 중이었다. 나는 손을 번쩍 들고 큰 소리로 질문했다.

"선생님, is가 뭐예요?"

순간 분위기가 싸해졌다. 아이들이 일제히 나를 쳐다봤다. 뭐지? 왜들 저러지? 도무지 영문을 알 수 없어 어리둥절했다. 선생님은 조금 당황했지만 친절하게 그건 be동사라고 설명해 주었다. be동사는 '~이다'라는 뜻으로 주어(개구리)의 직업이나 상태(배고프다)를 나타내는 단어라고 했다. 무슨 말인지 반만 이해했지만 눈치껏 고개를 끄덕였다. 더 질문했다가는 무시무시한 일이 벌어질 것 같은 예감이 들었기 때문이다.

다음 주부터 나는 한 단계 낮은 반에서 수업을 들었다. 질문을 하나 더 했다면 코흘리개들과 함께 공부했을지도 모른다. 역시, 머리가 나쁘면 눈치라도 있어야지.

그날 집에 돌아오며 생각했다. Frog is hungry. 개구리는 배고프다. frog는 개구리, hungry는 배고프다. 그렇다면 is는? 당연히 '는'이어야 하지 않는가! 근본도 없이 갑자기 어디서 튀어나왔는지 모를 '~이다' 때문에 머릿속이 복잡했다.

이것이 나와 be동사의 공식적인 첫 만남이다. 영어에는 조사가 없다는 걸 모르던 시절. 아니, 조사가 뭔지도 모르던 시절이었다. 그래, 나는 정말 영문(English)을 몰랐다.

영문을 조금 아는 어른이 되었으니 이번에는 기필코 같은 실수를 하지 않으리라. 스페인어의 be동사 ser와 estar를 처음 본 순간 지난날의 흑역사를 떠올리며 굳게 다짐했다.

간단히 설명하면 ser는 본질을, estar는 상태를 말할 때 사용한다. 무슨 말인지 반만 이해했지만 눈치껏 고개를 끄덕이는 중이라고? 그럴 줄 알고 예문을 준비했다.

¿Que es esto?

이것은 무엇입니까?

Esto es café.

이것은 커피입니다.

El café esta caliente.

커피가 뜨겁습니다.

El café esta abierto.

카페가 열려 있습니다.

es와 esta는 각각 ser와 estar를 3인칭으로(스페인어는 be동사도 주어의 인칭에 맞는 형태로 변형해서 써야 한다) 변화시킨 형태다. 이것이 커피라는 사실은 변하지 않는 속성, 본질이다. 하지만 커피의 온도나 카페의 영업 여부는 언제든 변할 수 있는 일시적 특성, 즉 상태를 의미한다.

스페인어 문법에서 말하는 본질은 국적, 직업, 성격, 외모, 색깔 같은 것들이다. 상태는 건강, 감정, 위치 같은 것들. '나는 한국인이다'는 본질이지만 '나는 한국에 있다'는 상태인 것이다. ser와 estar를 사용하기 전에는 말하려고 하는 것이 본질인지 상태인지 따져 봐야 한다.

생각해 보면 나는 공부 욕심이 별로 없는 아이였다. 친구와 같은 학원에 다니면서 한 단계 낮은 반에서 수업을 들어도 그게 딱히 창피하지 않았다. 나보다 수업이 늦게 끝나는 재희를 기다리며 교실 밖에서 귀여운 영어 동화책을 구경하는 건 꽤 즐거운 일이었다. "아유, 우리 애는 욕심이 없어요." 그렇게 말하는 엄마의 속은 까맣게 타들어갔겠지만. (엄마 미안!)

공부 욕심이 없는 건 아무래도 나의 본질이었나 보다. 다른 사람들은 벌써 스페인어 자격시험을 칠 계획까지 세워 놓았다는데 나는 한없이 가벼운 마음으로 학원에 출석한다. 낯선 언어를 배우는 게 신기하고 재미있어서. 마치 근사한 취미생활을 하는 기분으로.

본질과 상태. 둘은 얼핏 보기엔 비슷하지만 자세히 보면 아주 많이 다르다. 상태는 달라져도 본질은 변하지 않는다. 나라는 사람은 그때도 지금도 이렇게 존재한다. 그때와 지금, 그 사이엔 셀 수 없이 많은 상태가 있었다.

✛　　ser를 쓰느냐 estar를 쓰느냐에 따라 의미가 달라지는 형용사도 있습니다. bueno는 ser 동사와 함께 쓰일 때는 '착한, 좋은'이라는 뜻이지만 estar 동사와 함께 쓰일 때는 '맛있는'이라는 뜻이 됩니다. listo는 ser 동사와 함께 쓰일 때는 '똑똑한', estar 동사와 함께 쓰일 때는 '준비된'이라는 뜻이 됩니다. 조금 까다롭지요? 하지만 그게 스페인어의 매력 같기도 합니다. 똑똑하지도 않은 주제에 복잡한 것들을 사랑할 준비가 된 저는 정말 어쩌면 좋을까요.

nueve

에어포트 라인 이즈
딥 블루

: 힘센 언어로
  말하는 사람의 마음.

그동안 요리조리 잘 피해 다녔건만 결국 마주치고 말았다. 학원이 위치해 있는 홍대입구역은 외국인 관광객의 메카. 나처럼 만만하게 생긴(친구들과 번화가를 걸으면 유독 내 손에만 전단지가 수북하다) 사람은 조금만 방심하면 걸어 다니는 관광 안내소가 된다.

일주일에 두 번씩 일산과 홍대를 오가며 터득한 몇 가지 방어술을 소개한다. 여러 번의 실험을 통해 어느 정도 효과가 검증된 방법들이니 만만하게 생긴 게 스트레스인 사람이라면 일단 밑줄을 긋자.

1. 핸드폰을 꺼내 중요한 전화를 받는 척한다. 표정을 굳히고 최대한 심각한 상황을 연출하는 게 포인트. 나는 주로 거래처에 방문하는 회사원 코스프레를 한다. 연기가 미숙해 조금 티가 나더라도 걱정하지 말자. 근엄한 분위기를 내뿜으며 통화 중인 사람을 굳이 붙잡고 말을 걸지는 않으니. 최고의 방어력을 자랑하는 방법이지만 난이도가 높지 않아 초보자도 무난히 성공할 수

있다.

2. 잔뜩 화난 사람처럼 씩씩대며 걷는다. 관광객을 상대로 사용하기엔 약간의 죄책감이 느껴지는 전략이라서 도를 아십니까(조상님 도대체 왜 제 앞길을 막고 계시는 거예요?) 사람들을 마주쳤을 때 사용한다. '알아들을 수 없는 혼잣말' 옵션을 추가하면 효과가 배가된다.

3. 세상 모든 근심을 떠안은 사람처럼 땅만 보고 걷는다. 효과가 미미할 뿐만 아니라 정말로 기분이 가라앉는 치명적인 부작용까지 있어 딱히 권하고 싶지 않은 방법이다.

4. 빠른 걸음으로 그 자리를 벗어난다. '당신과 이야기를 나누고 싶지 않습니다'라는 메시지를 가장 직접적으로 전달할 수 있는 방법이다. 너무 빨리 걷다가 발을 삐끗하면 굉장히 우스운 꼴이 되니 주의할 것.

이런 방법을 쓰면 대부분의 외국인은 눈치껏 알아듣고 다른 사람을 찾는다. 오해하지 말자. 나는 외국인 관광객을 싫어하지 않는다. 흥선 대원군의 뒤를 잇는 국수주의자도 아니다. (그러기엔 수입 과자가 너무 맛있는걸⋯.) 다만 보잘것없는 내 영어 실력이, 그리고 그걸 다시 확인하게 되는 순간이 싫을 뿐이다.

한국식 영어 교육은 어디서부터 잘못된 걸까. 독해와 문법 실력이 뛰어난 사람은 셀 수 없이 많지만 정작 외국인 관광객에게 길을 안내할 수 있는 사람은 얼마 되지 않는다. 조용한 교실에서 영어를 글로 배운 우리는 원어민 앞에만 서면 한없이 작아진다. 그래서 이번에도 그냥 지나칠 생각이었는데, 그랬는데⋯.

"Excuse me. Can you help me? Oh, please."

이 눈빛만큼은 도저히 외면할 수 없는 것이다. 제아무리 스크루지 영감이라도, 망태 할아버지라도, 사탄의 인형이라도 마음이 흔들렸겠지. 하물며 나라고 별수 있었겠는가. 바쁘게 옮기던 걸음을 순순히 멈췄다. 다 부서

져 가는 영어 안테나를 바짝 세우고 상황을 파악해 보니
공항철도를 타야 하는데 경의선 승강장으로 잘못 들어
온 모양이었다. 공항철도를 타려면 어디로 가야 하느냐
고 간절하게 묻는 그에게 나는 이렇게 대답했다.

"Sorry. I can't speak English."

"Oh, but you are speaking English now!"

"Umm… That's right. But… but I'm not good at
English."

"No, no. You speak English very well! You can help
me. Oh, please…."

비행기 시간이 얼마 남지 않았는지 그는 슈렉 고양이
뺨치는 애처로운 눈빛을 계속해서 발사했다. 휴, 그렇다
면 어쩔 수 없지. 나는 아는 단어들을 총동원해 공항철
도 승강장으로 가는 길을 설명하기 시작했다.

디스 라인 이즈 경.의.선! 유어 라인 이즈 공항철도, 에
어포트 라인! 낫 스카이 블루 라인. 에어포트 라인 이즈
딥 블루, 오케이? 고 스트레이트 앤 고 다운 에스컬레이
터. 앤드… 에스크 어나더 피플 어게인. 쏘리. 잇츠 마
이 베스트.

내 말을 알아듣긴 한 건지 그는 몇 번이나 "오, 땡큐!"
를 외치고 종종걸음으로 사라졌다. 내가 타려고 했던 열
차는 이미 지나간 뒤였다. 아… 기 빨려. 가뜩이나 밥도
못 먹고 나와서 배고파 죽겠는데. 그래도 내 작은 희생
덕에 그 외국인이 한국이라는 나라를 아름답게 기억하
지 않을까. 한국 여행을 앞둔 친구에게 "한국 좋지! 한
국 사람들 영어는 못해도 아주 친절하던걸?" 그렇게 말
할 수도 있지 않을까. 뿌듯한 마음 반, 창피한 마음 반으
로 다음 열차를 기다리며 오렌지 주스를 뽑아 마셨다.

아니, 잠깐. 근데 뭔가 좀 억울한 거다. 여기는 한국인

데 왜 내가 창피함을 느껴야 하지? 한국 사람이 영어 못하는 건 당연하잖아. 한국에서 영어로 길 묻는 사람은 당당하고 대답하는 사람은 쩔쩔매는 이 황당한 상황은 뭐지? 가만히 앉아 생각해 보니 어이가 없었다.

세계 어디서든 모국어가 통할 거라는 생각을 가지고 사는 기분은 어떤 걸까. 어딜 가든 내 말을 알아듣는 사람이 적어도 한 명은 있을 거라는 믿음. 그런 믿음은 여행자에게 얼마나 큰 용기가 될까. 106개국에서 사용하는 언어가 모국어인 사람의 마음을 고작 7개국에서(사실 7개국이나 된다는 것도 의심스럽다) 사용하는 언어가 모국어인 나는 짐작조차 할 수 없는 것이다. 그저 몹시 부러워할 뿐. 언젠가 스페인어를 잘하게 된다면 그 마음을 조금은 이해할 수 있을까. 아, 나도 힘이 센 언어로 말하는 나라에서 태어났으면 좋았을 텐데.

+ 가끔 억울한 기분이 들긴 해도 저는 한국어를 사랑합니다. 한국어 만세! 아, 이거 스페인어 배우는 이야기였지. 스페인어도 만세!

diez.

My body my choice

: 걷고 싶은 거리,
  살고 싶은 거리.

검은색 셔츠에 검은색 바지, 검은색 운동화까지 신고 집을 나섰다. 가방에는 검은색 야구모자와 마스크까지 챙겼다. 누가 보면 장례식이라도 가는 줄 알겠지. 뭐 대충 비슷하기도 했다. 옷을 챙겨 입으며 애도의 마음을 느꼈으니까. 그래서 누가 죽었냐고?

인권 말이다, 나의 인권.

2016년 폴란드에서는 낙태 전면 금지법안이 발의됐다. 보수 단체가 제안한 이 법안에 따르면 낙태는 오직 단 한 가지 경우에만 허용된다. 산모의 생명이 직접적인 위험에 처한 경우. 태아의 생존 가능성이 희박하거나 강간에 의한 임신이라 해도 예외는 없다. 도대체 '직접적인 위험'이란 무엇이며 이를 판단할 수 있는 사람은 누구란 말인가. 멍청해도 이렇게 멍청할 수가.

법안의 도입을 막기 위해 수많은 여성들이 거리로 나와 시위를 벌였다. 여성 생식권에 대한 애도의 표시로

참가자들이 검은 옷을 입어 이 시위는 '검은 시위'라 불리게 되었다. 결국 폴란드 정부는 해당 법안을 철회했다. 하지만 폴란드에서는 여전히 임신 중단이 불법이다. 가톨릭 국가인 아일랜드는 2019년부터 임신 중단을 제한적으로 허용한다. 국민투표 결과 찬성 66.4퍼센트, 반대 33.6퍼센트로 낙태죄 폐지가 결정된 것이다. 이제 OECD 회원국 중 임신 중단이 허용되지 않는 나라는 한국을 포함해 5개국뿐이다.

같은 해 우리나라에서도 '검은 시위'가 시작됐다. 그리고 2018년 5월 20일, 12차 임신 중단 전면 합법화 시위가 홍대에서 열렸다. 임신 중단의 합법화와 형법 제269조 및 제270조의 낙태죄 폐지, 미프진(경구투여식 임신 중단 약물) 도입을 요구하는 자리였다. 현행법상 임신 중절 수술을 할 경우 여성은 1년 이하의 징역 또는 200만 원 이하의 벌금에, 의사는 2년 이하의 징역에 처한다. 놀랍게도 남성은 아무런 처벌도 받지 않는다. 이를 악용해 여성을 협박하는 일도 빈번하게 발생한다.

임신 7주차 태아의 크기는 7밀리미터. 해바라기 씨 하나 정도의 크기에 불과하다. 정확히 말하면 임신 8주차 이전까지의 태아는 '배아'라고 부르며 태아와 구별한다. 고작 해바라기 씨만 한 세포를 생명이라 말할 수 있는가. 그것이 이미 의심의 여지없이 하나의 생명으로 존재하는 여성 앞에 놓일 수 있는가. 정자를 제공한 남성을 처벌의 대상에서 제외하는 것은 온당한가. 옳고 그름을 논할 문제가 아니다. 이 모든 것이 부당하게 느껴지지 않는다면 당신은 그냥 틀렸다.

8번 출구 근처 걷고 싶은 거리 광장은 이미 먼저 도착한 사람들로 만원이었다. 현장 스태프의 안내에 따라 서명을 하고 끝쪽 줄로 이동했다. 주말을 맞아 나들이를 나온 행인들과 바로 접촉이 가능한 자리였다. 일주일에 두 번씩 학원에 올 때마다 지나다니는 거리이기도 했다. My body my choice 자리에 앉아 구호를 외칠 때마다 주변의 시선이 집중됐다. 그 시선에 담긴 끈적한 악의를 애써 모른 척했다.

시위 종료를 약 한 시간쯤 앞두고 작은 소동이 벌어졌다. 누군가 염산 테러를 예고한 것이다. 인터넷에서 한 명, 현장에서 또 한 명. 그들을 그렇게까지 분노하게 한 것은 과연 무엇이었을까. 괘씸했을 것이다. 감히 여자가, 거리에 나와서, 큰 소리로 권리를 주장하는 상황이.

"조심하라고 말하기도 죄송한데요… 말도 안 되는 소리인 거 알지만 그래도 다들 조심해 주세요." 스피커를 통해 울려 퍼지는 스태프의 목소리가 떨렸다. "괜찮아. 괜찮아." 한 목소리로 연호했지만 괜찮지 않았다. 당연한 권리를 요구하는 것이 왜 염산을 맞을 각오까지 필요한 일이 되었을까. 억울하고 두려웠다. 그리고 그보다 훨씬 큰 분노를 느꼈다.

월요일과 수요일엔 아무렇지 않게 걸었던 거리. 카페를 찾아 편의점을 찾아 가벼운 걸음으로 거닐던 거리.

수업 시작 전 잠시 바람을 쐬던 바로 그 걷고 싶은 거리. 그곳에서 나는 생경한 공포를 느꼈다. 목소리를 내는 여성으로 존재했기에. 그것은 여전히 지탄의 대상이기에. 그날의 걷고 싶은 거리에서 우리는 간절히 살고 싶었다. 끝까지 살아남아 사람으로 살고 싶었다.

once.

Mi casa es tu casa

: 내 집은 어디에.

지난주에는 전시를 보러 미술관에 갔었다. 미술관의 꽃은 역시 기념품 코너. 작품을 감상할 때보다 더 집중해서 진열된 제품들을 둘러보다가 귀여운 열쇠고리를 발견했다. 플라스틱으로 만든 색색의 버튼에 적혀 있는 짧은 문장들. 어떤 걸 고를까 고민하는데 스페인어 문장 하나가 눈에 들어왔다.

Mi casa es tu casa.
내 집이 네 집이야.

멕시코 사람들이 즐겨 쓰는 인사말이다. 한국에서도 손님을 맞을 때 비슷한 말을 한다. 내 집처럼 편하게 있으렴. 반가운 손님을 맞는 마음은 어디나 똑같은 거지. 손님 초대를 즐기는 친구에게 선물하려고 하나를 집었다가 나도 가지고 싶어서 똑같은 걸 하나 더 샀다. 사고 나니 피식 웃음이 나왔다. 아니, 집도 없으면서 이런 건 왜 샀대.

요즘 나의 가장 큰 소망은 독립이다. 온전한 혼자만의 공간을 취향껏 꾸며 놓고 사랑하는 친구들을 초대하는 날이 내게도 찾아올까. 나는 술만 마시면 잠들어 버리는 사람이니까. 그래서 밖에서는 좀처럼 취하질 못하니까. 내 집에서라면 마음껏 먹고 마시다 취할 수 있을 텐데. 그러다 졸리면 그대로 잠들면 그만일 텐데.

셀 수 없이 많은 집들 중 하나를 바라는 게 너무 큰 욕심이 되어 버린 것 같다. 가장 크고 좋은 것을 탐내는 게 아닌데. 아주 조그만 집이라도 확실하게 기쁠 텐데. 하지만 거기 내 몫이 없다는 건 이제 너무 당연해진 사실이고. 하긴, 따지고 보면 진짜 내 집이라 부를 수 있는 곳에 사는 사람은 그렇게 많지 않을 것이다.

Mi casa es tu casa. 내 집은 너의 집. 임대인의 집이니까.

doce.

동사 변화,
암기 지옥 입성기

: 서로 다른 예민함과
  섬세함을 가진 언어들.

"오늘은 굉장히 중요하지만 조금 까다로운 걸 배울 거예요."

불길한 기운이 엄습했다. 과장을 살짝 보태면 "오늘 치료는 조금 불편할 수 있어요." 치과 의자에 비스듬히 누운 채로 이런 말을 들었을 때의 기분 같았달까. 이 말의 참뜻을 우리는 잘 알고 있다. 넌 이제 죽었다는 거다.

스페인어 공부의 첫 번째 난관에 봉착했다. 이름만 들어도 머리 아픈 동사 변화. 독학이었다면 아마 이쯤에서 그만뒀을지도 모르겠다. 물론 동사 변화라면 한국어도 만만치 않다. '먹다'를 예로 들어 볼까. 먹다, 먹었다, 먹겠다, 먹을 것이다, 먹어서, 먹으니, 먹으며, 먹자, 먹어라, 먹지, 먹고…. 여기에 높임말인 '들다'와 '잡수다'까지 더해지면 내 모국어지만 정말 답이 없는 것이다. (없다, 없고, 없으니, 없어서, 없지만….)

하지만 예민하고 섬세한 언어를 사용한다는 것은 때

로 어떤 자부심을 안겨 주기도 했다. 예능 프로그램에 출연한 외국인이 한국어 공부에 대한 어려움을 토로하는 모습을 볼 때면 나도 모르게 어깨에 힘이 들어갔다. 야, 영어가 짱인 것 같지? 한국어가 말이야, 이렇게 어렵다고! 기본 옵션처럼 자연스럽게 체득한 언어가 세계 공용어가 아니라는 사실에서 기인한 콤플렉스를 이런 식으로 극복해 보려 했던 것 같다.

스페인어 동사 변화는 한국어와 조금 다르다. 한국어 동사가 주로 시제에 따라 변화한다면 스페인어는 여기에 인칭에 따른 변화가 추가된다. 주어에 따라 동사의 형태가 달라지는 것이다.

스페인어에서는 주어가 매우 중요하다. 똑같은 '먹다(comer)'라도 누가 먹었는지에 따라 형태가 달라진다. 내가 먹으면 como, 네가 먹으면 comes, 우리가 먹으면 comemos. 그냥 comer 하나로 통일하면 먹은 걸 도로 뱉어내기라도 해야 하는 걸까? 진심으로 궁금하다. 게

인칭대명사 동사원형	comer(먹다)
1인칭 단수 (나)	como
2인칭 단수 (너)	comes
3인칭 단수 (그/그녀/당신)	come
1인칭 복수 (우리들)	comemos
2인칭 복수 (너희들)	coméis
3인칭 복수 (그들/그녀들/당신들)	comen

다가 동사 변화 규칙도 어찌나 다양한지. 원형의 어미가 'ar'인지 'er'인지 'ir'인지에 따라, 규칙 동사인지 불규칙 동사인지에 따라. 누굴 놀리는 건지 불규칙 속에도 여러 규칙들이 있다. 물론 어떤 규칙도 따르지 않는 완전불규칙 동사도 존재한다.

놀라운 것은 이 많은 게 현재 시제 하나만의 규칙이라는 사실. 현재완료, 현재진행, 단순미래, 긍정부정 명령, 불완료 과거⋯. 시제는 끝이 없고 시제마다 달라지는 규칙도 끝이 없고 그러므로 공부에도 끝이 없다. 아, 스트레스 받아!

불길한 예감은 현실이 됐다. 우리는 암기 지옥에 강제로 초대된 것이다. 먼저 동사 원형을 외우고, 그 동사가 어떤 규칙을 기준으로 변화하는지 외우고, 규칙을 외우고, 완전 불규칙 동사는 특별히 더 신경 써서 외우고. 각각의 시제마다 이 과정을 반복하고. 이걸 외우면 저걸 까먹고, 저걸 외우면 그걸 까먹는 무시무시한 암기 지옥. 나는 과연 이 지옥에서 무사히 탈출할 수 있을까.

스페인어를 처음 배우기 시작했을 때 주위 사람들은 말했다. 스페인어 되게 쉽대, 조금만 배워도 금방 늘걸. 하지만 세상에 쉬운 언어는 없다. 언어는 기술이자 예술이다. 약간의 노력으로 쉽게 얻어지지 않으며 줄 세우듯 우열을 가릴 수도 없는 것이었다.

모국어의 예민함과 섬세함을 자랑하다가 외국어 동사

변화의 늪에서 낑낑대는 나를 보며 어떤 스페인 사람들
은 이렇게 말할지도 모른다.

　야, 한국어가 짱인 것 같지? 스페인어가 말이야, 이렇
게 어렵다고!

trece.

PM 7:30,
AM 11:00

: 하루치 에너지를
 남김없이 소진하고 나면.

선생님이 마음에 들지 않았던 건 아니다. 수업이 늦게 끝나 집에 돌아오면 열한 시가 되는 게 싫었던 것도 아니다. 어차피 나는 늦게 자고 늦게 일어나는걸. 그럼 도대체 뭐가 문제였냐고? 분위기. 반의 분위기가 너무 숨이 막혔다.

벌써 두 달 가까이 수업을 들었지만 같은 반 사람들과 제대로 인사를 나눠 본 기억이 없다. 3번 강의실에는 중력 같은 침묵이 흐른다. 소음을 싫어하는 침묵의 요정이 보이지 않는 손으로 우리의 입술을 꾹 누르고 있는 게 아닐까. 조용한 눈인사, 조용한 발표, 조용한 쉬는 시간. 낯가림으로 치자면 국가대표도 문제없는 나지만 그래도 이건 너무한 거다. 더군다나 우리는 말을 배우러 여기 온 사람들이 아닌가. 침묵 속의 언어 수업이라니. 그건 뭍에서 하는 수영 수업이나 다름없다.

한번은 좋아하는 쿠키를 들고 가서 아무에게나 대화를 시도해 봤다.

"저기… 과자 드실래요?"

"아, 고맙습니다."

"……."

"……."

어찌 된 일인지 한층 더 어색해진 분위기만 감돌았다. 와작와작, 와작, 와작…. 과자 씹는 소리가 어찌나 크게 들리던지. 그거 별로 딱딱한 쿠키도 아니었는데…. 어설 픈 친한 척이 불러온 역효과를 온몸으로 느끼며 큼큼 헛 기침만 했다.

다른 반 사정은 어떤지 전혀 짐작할 수 없었지만 일단 반을 옮겨 보기로 했다. 이왕 옮기는 거 오전이면 더 좋 지 않을까. 일찍 일어나면 지금보다 하루를 길게 쓸 수 있겠지? 끝나고 홍대 골목의 작고 귀여운 식당에서 혼 자 점심을 먹는 것도 재미있을 거야. 애매한 시간이라 집에 올 때 지하철이 붐비지도 않겠고, 흐음…. 곰곰이 생각해 보니 반을 옮겨야 하는 이유는 198개쯤 더 있었다. 그래, 결심했어!

고민 끝에 학원에 전화를 걸었다. 부담스럽거나 비굴하지 않은 친절을(나는 이걸 '우아한 친절'이라 부른다) 갖춘 데스크 선생님은 차분한 목소리로 진도가 맞는 반을 안내해 줬다. 굳이 이유를 묻지 않는 게 고마웠다. 그게 말이죠… 제가 저녁에 일을 하게 됐거든요. 혹시 몰라 준비했던 궁색한 변명을 도로 집어넣었다.

목요일 아침. 첫 수업 때처럼 긴장되는 마음으로 학원에 도착했다. 새로운 강의실에 들어서자마자 선생님과 학생들이 하하호호 웃으며 담소를 나누는 장면을 목격했다. 그래, 바로 이거지. 이게 현장 강의 듣는 맛이지! 아무도 모르게 안도의 한숨을 내쉬며 맨 끝자리에 앉았다.

오전반 사람들에게는 여유가 있었다. 그들은 다른 반에서 넘어온 나를 반갑게 맞아 주었다. 안녕하세요, 눈인사 대신 목소리로 인사했다. 어려운 걸 배운 날에는 오늘 참 힘들다고 말할 수 있었고, 각자 알고 있는 여행 정보를 공유하기도 했다. 삭막한 오후반에 있다 온 나는 친절한 오전반 사람들이 몹시 마음에 들었다. 역시 반을 옮기길 잘했다고 생각했다.

다음 화요일 수업 시작 전에는 오후반 선생님이 찾아왔다. 헤어지는 게 마음에 걸려 조그만 선물과 쪽지를 남겼더니 고맙다는 인사를 하러 오신 거였다. "선생님임!" 반갑고 미안해서 괜히 호들갑을 떨었다. "루시랑 헤어져서 아쉬워요. 새로운 반에는 잘 적응하고 있어요?" 어떻게 대답할까 짧게 고민하다 솔직해지기로 했다. "오후반 분위기랑은 확실히 달라요. 이 반 사람들은 더 여유롭고 수업 참여도가 높아요." 선생님은 원래 오후반이 그렇다고 했다. "다들 직장인이니까 어쩔 수 없는 것 같아요. 하루를 끝내고 오시는 거니까 지쳐 있기도 하고…."

오후반에서 회사에 다니지 않는 사람은 나 하나였다. 이 말은 평일 오후 일곱 시 반에 잘 모르는 누군가에게 웃어 주거나 성실하게 반응해 줄 에너지가 남아 있는 사람이 나뿐이었다는 뜻이기도 하다. 늦잠도 실컷 자고, 저녁도 여유롭게 먹고, 느긋하게 복습도 하다가 수업에 들어올 수 있었다면 상황은 달라지지 않았을까. 안녕하세요, 오늘 비가 참 많이 오네요, 스페인 여행은 언제 가세요? 오전의 우리처럼 오후의 우리도 그런 대화를 할 수 있었겠지.

고된 회사생활을 마치고 뭔가를 배우러 학원에 온 것 자체가 대단한 거였다. 야근 때문에 수업을 놓치면 주말에 보강을 들어서라도 진도를 맞추는 사람들이었다. 그들의 하루를 구체적으로 상상해 본 적도 없으면서 희미한 자아를 꺼내 놓았다느니, 생기가 없다느니… 마음대로 판단하고 분석했던 게 부끄러웠다.

살아본 적 없는 삶을 멋대로 재단하는 건 얼마나 오만

한가. 반의반도 알지 못하는 사람을 내 눈에 보이는 대로 단정짓는 건 얼마나 건방진가. 스페인어보다 먼저 그걸 배웠어야 했다. 비행기로 열네 시간이 걸리는 나라의 언어를 배우는 것보다 어려운 일은 지금 여기서 사람이 되는 거였다. 다시 생각해 보면 미용실에 다녀온 걸 알아봐 준 사람도 있었는데. 조용한 눈인사도 충분히 다정했는데.

오늘의 몫으로 할당된 에너지를 전부 소진하지 않아도 될 정도로만 일할 수 있다면 얼마나 좋을까. 그렇게 일해도 먹고살 걱정을 하지 않을 수 있다면 우리는 훨씬 더 많은 것들을 배우고 느끼고 탐구하며 살아갈 수 있을 텐데. 오늘 치 에너지는 물론 내일과 모레의 에너지까지 끌어다 쓰며 일해도 안정적인 삶을 보장받을 수 없는 현실이 참 야속하다.

엄마는 늘 말한다. 사람 사는 건 어디든 비슷해. 엄마 말이 사실이라면 스페인 사람들도 이렇게 살까. 포식자를 피해 달아나는 초식동물처럼 온종일 치열하게 달리고 나서도 내일을 걱정할까.

아니, 그래도 어쩌면 거기에는 우리가 잃어버린 저녁이 있지 않을까.

잡히지 않을 희망을 가만히 쓰다듬어 본다.

catorce.

질문 있습니다

: 모르는 걸
  모른다고 말할 용기.

초등학교 1학년 담임 선생님 이름을 기억하는지. 나는 기억한다. 그것도 아주 똑똑히. 성을 헷갈린다거나 하는 일도 없이. 장기 기억력이 원체 뛰어난 편이기도 하지만 이건 뒤끝의 문제다. 쿨한 사람처럼 보이고 싶지만 나는 뒤끝이 길다. 얼마나 긴가 하면 20여 년 전 일산 호수공원에서 〈KBS 열린음악회〉가 개최됐을 때 진행 스태프가 나에게만 응원용 야광 팔찌를 나누어 주지 않은 것을 기억하고 있을 정도다. 앞자리 관객들의 손목에서 영롱하게 빛나던 팔찌가 어찌나 부럽던지… 일요일 저녁에 텔레비전 채널을 돌리다가 〈KBS 열린음악회〉가 방영되고 있는 걸 보면 아직도 그 팔찌 생각이 난다. 쿨하지 못한 내가 싫지만 이렇게 태어났으니 어찌할 도리가 없는 것이다.

때는 1998년. 하루 일과라곤 유치원 다녀와서 친구들과 노는 게 전부였던 좋은 시절은 다 가고 의무교육과정에 첫발을 디딘 해였다. 우리 반 담임이었던 백 선생님은 1학년 네 개 반의 담임들 중 가장 무서운 선생님으로 소문이 자자했다. 입학 첫날, 기다란 나무 막대로 교탁을 탁탁 내리쳐 우리의 이목을 집중시킨 선생님은 인사도 하기 전에 물었다.

"선생님이 왜 백 씨인지 알아요?"

아무도 대답하지 못했다. 물을 끼얹은 듯 조용해진 교실을 흡족한 표정으로 둘러본 선생님은 본인의 성에 대한 엄청난 비밀(!)을 풀어놓았다.

"백두산 호랑이처럼 무서워서예요. 하지만 여러분이 말을 잘 들을 때는 백합처럼 부드럽고 온순하답니다."

교실에는 여전히 적막이 흘렀다. 그냥 호랑이도 무서운데 백두산 호랑이라면 오줌을 지릴 정도로 무서울 것이었다. 나는 옷매무새를 가다듬으며 역시 학교란 곳은 유치원과 다르게 호락호락하지 않다고 생각했다. 그 소개가 꽤 강렬했는지 아직도 백 씨들을 만나면 백두산 호랑이와 백합이 연관 검색어처럼 머릿속에 떠오른다.

백합 같을 때의 선생님은 가끔 과자나 사탕 같은 간식을 걸고 퀴즈를 냈다. 집에 가면 널린 게 과자고 사탕이었지만 퀴즈를 맞히고 수업 중 합법적으로 먹는 간식은 괜히 특별하게 느껴졌다. 문제는 주로 간단한 산수나 기초 상식, 교칙, 외국의 수도 같은 것들이었다. 답을 아는 문제가 나오면 손을 들고 "저요, 저요!" 필사적으로 외쳤다. 정답을 확실히 아는 문제는 난이도가 높지 않았고 그래서 경쟁이 치열했다.

그날의 상품은 포도맛 젤리였다. 젤리라면 사족을 못 쓰는 나는 그게 너무너무 먹고 싶어서 정답도 모르면서 번쩍 손을 들었다. "그래, 현이가 한번 대답해 볼래?" 손을 든 사람이 나만 있었던 것도 아닌데 선생님이 하필 내 이름을 불렀다. "그게… 모르겠어요." 사실대로 고백한 순간 우아한 자태를 뽐내던 한 송이 백합이 살아 있는 노루도 먹어치울 것 같은 호랑이로 변신하는 놀라운 광경을 목격했다. "모르면 손 들지 말고 가만히 있어, 알겠니?" 무섭고 창피해서 눈물이 날 것 같았다.

영어 학원에서의 is 사건과 학교에서의 포도맛 젤리 사건은 내게서 어떤 용기를 빼앗아갔다. 모르는 걸 모른다고 말하는 일이, 궁금한 걸 질문하는 일이 두려워졌다. '가만히 있으면 반이라도 간다'는 나의 생활신조가 되었다. 초등학생이 가슴에 품고 다니기엔 적합하지 않은 문장이었다. 일단 가만히 있는 것. 그 습관은 정말로 나를 어디서든 중간은 가게 만들어 줬지만 절대 그 이상으로 넘어갈 수 없게 만들기도 했다. 남의 눈을 의식하지 않고 엉뚱한 질문을 던지는 아이들을 속으로 얄잡아 봤다. 하지만 그 아이들은 어느샌가 나를 앞질러 있었다. 질문은 습관인 동시에 용기였다. '뒬 용기'가 없는 나는 입을 다무는 쪽을 택했다.

한국의 교육과정은 아이들을 겁쟁이로 만든다. 남들과 조금이라도 다른 행동을 하는 순간 곧바로 '이상한 애'라는 낙인이 찍힌다. 선생님과 친구들의 눈총을 받아낼 배짱이 없는 아이들은 자연스럽게 입을 다물게 된다. 그런 시스템 속에서 발언할 용기를 빼앗긴 채 적당히 고개를 끄덕이고 모르는 걸 아는 척하며 12년을 보낸다. 낭비도 이런 낭비가 없다. 학교와 선생님에게 뒤끝이 남지 않을 수 없는 이유다.

그랬던 내가 다시 질문하기 시작했다. 스페인어 수업 시간에는 질문이 두렵지 않다. 모르는 게 당연하니까. 이제 막 말을 배우기 시작한 아이처럼 우리에겐 모든 단어가 낯설고 신기하니까. 바보 같은 질문을 하면 좀 어떤가. 어차피 우리는 이 시간만 끝나면 다시 남이 되는 걸. 삶에 깊숙이 들어와 있지 않은 사람들 앞에서는 창피한 모습을 보여도 별 타격이 없다.

문장 앞에 있는 물음표는 왜 뒤집어서 써요? 스페인 사람들이 쓰는 스페인어랑 남미 사람들이 쓰는 스페인어는 어떻게 달라요? 스페인은 얼마나 더워요? 이 단어는 무슨 뜻이에요? 스페인어를 배우며 질문할 용기를 조금씩 되찾고 있다. 타인의 시선을 두려워하지 않고 모르는 걸 모른다고 말할 수 있는 이 시간이, 궁금한 걸 마음껏 질문할 수 있는 이 관계가 나를 얼마나 성장시키는지. 스페인어를 배우기 전까지는 그걸 미처 몰랐다.

+ 똑같은 단어를 번갈아가며 몇 주째 질문했더니 선생님이 조그만 목소리로 말했습니다. "아이고, 이제 이 정도는 외워도 되는데…." 그 말에 모두 와하하 웃었습니다. 단어 열심히 외울게요, 선생님!

quince.

감사합니다,
맛있게 드세요

: 가장 유창한 한마디.

본격적인 장마가 시작됐다. 1994년을 제치고 최악의 폭염 타이틀을 손에 거머쥔 이번 여름이라 그런지 비를 좋아하지 않는 사람들도 은근히 장마 소식을 반기는 눈치다. 전생에 알래스카불곰이나 아델리펭귄이었을 게 분명한 나는 추운 건 즐겨도 더운 건 못 참는다. 여전히 덥긴 하지만 그나마 비라도 쏟아져 무섭게 달궈진 땅을 식혀 주니 이제야 한숨 돌릴 것 같다.

거실 바닥에 드러누워 추적추적 내리는 빗줄기를 바라보다 습관처럼 인스타그램에 접속했다. 비도 오는데 다들 오늘 저녁은 뭘 먹나…. 흠뻑 젖은 신발과 물방울 맺힌 버스 창문, 새로 산 우산 사진과 함께 랜선 친구들의 저녁 메뉴가 올라와 있었다.

차돌박이짬뽕. 음, 맛있어 보이긴 하지만 우리 동네에는 괜찮은 짬뽕집이 없는걸. 해물파전. 비 오는 날의 정석이지만 해물을 사려면 저 멀리 마트까지 가야 하잖아. 청양고추 듬뿍 썰어 넣은 라면. 이건 어제도 먹었지.

쌀국수. 쌀국수⋯. 쌀국수? 네? 뭐라고요? 아삭한 숙주와 만병통치약 양파, 부드럽게 찰랑거리는 면과 담백하고 깔끔한 육수. 화룡점정으로 얇게 저민 소고기까지(비록 두세 점이긴 하지만) 올라가 있는 그 완벽한 음식 말인가요?

쌀국수처럼 위대한 음식 앞에서 한낱 미물과도 같은 인간이 무슨 힘을 쓸 수 있겠는가. 결국 폭우를 뚫고 쌀국수를 먹으러 갔다. 제일 큰 우산을 가지고 나갔는데도 바지가 흠뻑 젖었다. 발이 땅에 닿을 때마다 운동화에서 찍찍 물이 나왔다. 바람이 너무 세게 불어서 우산이 몇 번이나 뒤집어질 뻔했다. 오직 쌀국수 한 그릇을 위해 이 모든 고난과 역경을 참고 견뎠다.

쌀국수집에 도착하니 손님은 우리밖에 없었다. 나약한 사람들. 고작 이까짓 비 때문에 쌀국수를 포기하다니. 묘한 승리감을 느끼며 소고기 쌀국수와 딤섬, 새우볼을 주문했다. 주문이 들어가자 한가롭던 주방이 분주

해졌다.

　이 쌀국수집의 직원들은 한 명도 빠짐없이 모두 베트남 여성이다. 내 또래로 보이는 세 명의 외국인. 그들은 면을 데치고 딤섬을 찌고 새우볼을 튀기는 내내 서툰 한국어로 대화했다. 한국에 온 지 얼마나 됐는지는 알 수 없지만 아직 한국어가 익숙하지 않아 보였다. 중간중간 아마도 베트남어일 외국어가 들렸다.

　그들은 한국어를 어떻게 배웠을까. 베트남에서 한국어 학원을 다녔을까. 직장에서 가르쳐 줬을까. 한국어와 베트남어는 얼마나 비슷하고 얼마나 다를까. 베트남어의 동사 변화도 스페인어처럼 복잡할까. 취미로 공부하는 외국어와 생존을 위해 공부하는 외국어는 어떻게 다를까. 스페인어를 배우며 관심도 없던 스페인이 조금 좋아진 나처럼 그들도 한국을 좋아하게 됐을까. 아니 어쩌면 그 반대일까.

딩동, 벨이 울리고 전광판에 내 주문번호가 떴다.

"감사합니다. 맛있게 드세요."

무럭무럭 김이 나는 쌀국수를 조심히 들고 가는 나에게 그들 중 한 명이 말했다. 그 말만은 놀랍도록 유창했다. 수없이 반복하는 동안 저절로 습득한 문장이었을 것이다. 내게는 아직 그토록 익숙한 스페인어 문장이 하나도 존재하지 않았다.

"잘 먹었습니다."

식사를 마치고 그릇을 반납하며 인사를 건넸다. 집으로 돌아오는 동안 그 짧은 문장을 스페인어로 번역해 봤다. "Estoy muy satisfecho." 그러나 매일 수없이 반복할 일 없기에 내 문장은 그들의 인사처럼 유창해질 수 없을 것이었다.

diecise'is.

Los días de la semana

: 월요일부터
  일요일까지.

월요일은 달(月), 화요일은 화성(火), 수요일은 수성(水), 목요일은 목성(木), 금요일은 금성(金), 토요일은 토성(土), 일요일은 태양(日). 요일의 이름이 행성으로부터 전해졌다는 사실이 나는 퍽 마음에 든다. 행성에 대해 생각하다 보면 내가 사는 이곳이 우주처럼 느껴진다. 한국도 아니고, 아시아도 아니고, 지구도 아니고.

스페인어도 똑같다. lunes(월요일)는 luna(달), martes(화요일)는 Marte(화성), miércoles(수요일)는 mercurio(수성), jueves(목요일)는 Júpiter(목성), viernes(금요일)는 Venus(금성), sábado(토요일)는 Saturno(토성). 일요일을 뜻하는 domingo만 빼고 모두 행성의 이름에서 따왔다. 영어도 프랑스어도 마찬가지다.

우리의 주소는 우주. 아무리 대단한 사람이라도 세상에서 가장 큰 집을 벗어날 수는 없겠지. 한없이 밉다가도 가여워진다, 인간이라는 존재가. 우리 이토록 멀고도 가깝네요. 서로 다른 언어로 말하고 생각하지만.

diecisiete.

중급반 이야기

: 누군가의 절실함 앞에서
  한없이 작아지는 순간.

휴우우우.

학원 건물을 빠져나오자마자 깊은 한숨을 내쉰다. 뱉은 숨만큼 다시 들이쉬니 한여름의 뜨겁고 습한 공기가 온몸 구석구석 차오른다. 날씨 한번 더럽게 덥네. 괜히 짜증이 나서 인상을 팍 쓰고 걷는다. 중급반에 올라온 뒤로 계속 이 모양이다.

지난달까지 있었던 초급반에서는 수강생들의 실력 차이가 크지 않았다. 모두 고만고만한 스페인어 초급자들. 우리는 비슷한 크기의 무지를 옆자리에 앉혀 놓고 아베쎄데(ABCD)부터 공부했다. 배움의 속도가 특출난 사람도, 독보적인 성실성을 자랑하는 사람도 없었다. 있었다 해도 초급 과정에서는 그런 재능과 노력이 크게 빛나지 않는 법이다.

스페인어 기초는 모두에게 무난했다. 따로 시간을 내서 복습하지 않아도 다음 수업에 지장이 없었다. 10분만 일찍 오면 수업 전까지 숙제를 끝낼 수도 있었다. 뭐야, 스페인어 쉽다더니 진짜 쉽잖아? 처음의 긴장감은 흔적도 없이 증발해 버렸다. 그 자리에 새롭게 등장한 건 태태 친구들. 나태와 권태는 사이좋게 팔짱을 끼고 나타나 공부에 대한 의지를 갉아먹었다. 두 달간의 초급 과정을 마친 뒤, 나는 노력에 인색한 자린고비가 되어 있었다.

별다른 감흥 없이 맞이한 중급반 개강일. 데스크에서 새 교재를 구입해 1번 강의실로 들어갔다. 본문이 약간 길어진 교재를 구경하고 있으니 하나둘 사람들이 도착했다. 익숙한 얼굴과 낯선 얼굴이 섞여 있었다.

여기서 잠깐 중급반 주요 멤버들을 소개해야겠다.

Martina(마르띠나): 강의실 왼쪽 끝에 앉아서 오른쪽 끝에 앉는 나와 수업 중 자주 눈이 마주친다. 주로 웃기거나 놀라운 이야기를 들을 때 서로를 본다. 초급 과정이 끝나갈 무렵 오후반에서 오전반으로 넘어온 나를 반

갑게 맞아 줘서 늘 고마운 마음을 가지고 있다. 조용한
실력자.

Carla(까를라): 스페인 교환학생 프로그램을 준비하기
위해 학원에 왔다. 기본적으로 언어 감각이 뛰어난 편.
실력과 노력을 고루 갖춘 훌륭한 학생이다. 엘리베이
터 앞에서 짧은 담소를 나누며 야금야금 친해졌다. 귀
여운 메모지를 좋아하고 월드컵 이야기를 할 때 눈이
반짝인다.

Sofia(소피아): 미국에서 대학 생활을 하다가 방학을 맞
아 한국에 들어왔다. 다음 학기에 배울 스페인어를 미
리 공부하는 중. 딱 내 취향인 반팔티를 자주 입고 와서
구매처를 물어보고 싶었지만 둘 다 낯을 가려 눈인사도
하지 못했다. 중저음의 목소리가 굉장히 매력적이다.

Pablo(빠블로): 우리 반 에이스. 스페인어를 전공해서
한 차원 수준 높은 문장을 구사한다. 전공자답게 도블
레 에레 발음을 할 줄 알고 강세를 살린다. 고급반에 가
도 될 것 같은데 왜 중급반에 왔는지 모르겠다. 일이 바

빠 결석이 잦지만 실력은 누구에게도 밀리지 않는다. 반의 유일한 남자 멤버.

중급반 멤버들에게는 스페인어를 배우는 구체적인 이유와 목표가 있었다. 남미 배낭여행이 얼마 남지 않아서, 준비하는 시험이 있어서, 교환학생으로 선발되고 싶어서. 책을 쓰겠다는 목표도 추상적인 것은 아니었지만 거기에는 스페인어가 아니면 안 된다는 마음이 없었다.

각자의 디데이가 다가올수록 그들은 절실해졌다. '꼭 스페인어가 아니더라도 상관없어' 그런 마음으로 누군가의 절실함을 따라잡는 건 애초에 불가능한 일이었다.

이미 눈치챘을지도 모르겠지만 나는 지금 정성스러운 변명을 늘어놓는 중이다. 어쩌다 반에서 가장 뒤처지는 학생이 되었는지에 대해. 언제부턴가 선생님의 질문에 대답할 수 없었다. 질문 자체를 이해하지 못할 때도 있었다. 작문 문제를 풀 때면 내 볼펜만 가만히 멈춰 있었다. 나는 점점 얌전한 학생이 되어 갔다. 대답도 질문도 하지 않는 맨 끝자리 학생.

초급반의 루시와 중급반의 루시는 완전히 다른 사람이었다.

자존심이 상했다. 어디서 뭘 하든 못해도 중간은 가는 걸 자랑으로 여기고 살아왔는데. 하나를 배우면 둘을 아는 사람들 사이에서 하나를 배우면 하나를 까먹는 사람으로 존재하는 일은 정말이지 너무도 민망하고 부끄러웠다.

가끔 복도나 화장실에서 초급반 선생님을 만나면 푸념을 늘어놓기 바빴다. 선생님, 중급반 사람들 너무 잘해요. 저 완전 문제 학생이 된 것 같아요. 시제마다 뭐 이렇게 동사 변화도 불규칙도 많아요? 이것도 어렵고 저것도 어렵고…. 선생님은 원래 시제가 힘들다면서 그래도 루시는 잘할 거라고 용기를 북돋아 줬다.

하지만 정말일까.

남들은 다 잘하는데 나 혼자만 이렇게 빌빌대는 걸 보면 시제 파트는 나에게만 어려운 거 아닐까? 어쩌면 나에게는 외국어를 습득하는 능력이 병아리 눈물만큼도 없는 거 아닐까? 근데 병아리도 우나? 지금 울어야 되는 건 병아리가 아니라 나 같은데?

아, 주말이 지나고 화요일이 돌아오는 게 무섭다.

화요일은 스페인어로 martes. 아직 이건 안 까먹어서 다행이다.

dieciocho.

¡Tengo hambre!

: 손에 든 허기를
  식탁에 내려놓고.

수업이 있는 화요일 목요일에는 여덟 시부터 아홉 시까지 5분 간격으로 끊임없이 알람이 울린다. 첫 번째 알람에 기상하면 여유롭고 우아한 아침이 열린다. 향기로운 모닝커피와 설탕 뿌린 프렌치토스트, 멀티비타민과 요즘 즐겨 듣는 음악이 있는 아침. 그러나 그것은 신화나 전설처럼 평범한 사람은 감히 넘볼 수 없는 영역에 존재한다. 헤이즐넛 커피의 향보다 매혹적이고 프렌치토스트에 뿌린 설탕보다 달콤한 아침잠 때문이다.

오전반 수업은 열한 시에 시작한다. 제시간에 도착하려면 9시 55분 지하철을 타야 하고, 아침부터 스스로의 한계를 시험하며 역까지 전속력으로 달리고 싶지 않다면 9시 40분에는 집에서 나와야 한다. 그렇다면 늦어도 아홉 시에는 일어나야 하는데 석유 재벌의 통장 잔고처럼 아침잠이 많은 내게는 그마저도 쉽지 않은 것이다.

정신없는 아침에 식사까지 챙기는 건 꿈도 꾸지 못할 사치. 특별히 일찍 일어난 날이 아니면 보통 편의점에서

산 오렌지 주스와 초콜릿을 야금야금 먹으며 수업을 듣는다. 두 시간짜리 수업이 끝나고 나면 어느덧 오후 한 시. 배에서 천둥 같은 꼬르륵 소리가 나는 게 전혀 이상하지 않다. 하지만 웬만하면 그냥 참고 집에 돌아가 늦은 점심을 먹는다. 프리랜서가 프리해지지 못하는 이유는 언제나 돈 때문이니까. 주변의 만류에도 불구하고 수입이 불규칙한 직업을 택한 사람은 속죄하는 마음으로 늘 절약해야 한다. 통장이 넉넉할 때든(물론 그런 적은 없었습니다) 빠듯할 때든.

하지만 오늘은 너무 배가 고파서 절약 같은 걸 생각할 여유가 없었다. 늦잠을 자는 바람에 주스도 초콜릿도 사지 못했기 때문이다. 먹은 거라곤 쉬는 시간에 마신 생수 한 컵이 전부라서 엘리베이터에서 내리는 순간 현기증이 났다.

음… 뭘 먹으면 좋을까. 혼자 먹기에 너무 거창하지 않으면서 가격이 적당한 음식. 느긋하게 기다릴 여유가 없으니 주문하면 바로 나왔으면 좋겠는데. 하지만 이왕 홍대에서 먹게 됐으니 동네에선 못 먹는 거였으면 좋겠고…. 어서 먹을 걸 내놓으라고 난동을 부리는 위장을 어르고 달래며 근처 식당을 검색했다.

앙증맞은 크기의 1인용 냄비에 사이좋게 몸을 담그고 있는 배추, 대파, 버섯, 소고기. 인덕션 온도를 높이니 금세 보글보글 끓는 소리가 들린다. 젓가락으로 재료를 잘 섞자 오늘의 주인공 칼국수가 냄비 속에서 춤춘다. 네이버에 '홍대 혼밥'을 검색하니 가장 첫 페이지에 나온 곳이다. 국물부터 떠먹고 후후 불어 식힌 면을 한 젓가락 빨아들였다. 몸이 급속 충전되는 느낌. 크으으. 이거지, 이거야. 인류의 가장 큰 업적은 누가 뭐래도 면 요리 개발이지.

오통통한 면을 다 건져 먹고 서비스로 딸려 나온 영양죽까지 만들어 먹으니 빠져나갔던 영혼이 되돌아오는 것 같다. 나는 유난히 허기를 못 견딘다. 배가 고프면 일단 생각이 멈추고 손이 떨린다. 다른 사람들은 짜증이

난다는데 도대체 그럴 힘이 어디서 나오는지 모르겠다. 몸속의 연료 저장고가 형편없이 작은 게 틀림없다.

배가 고프다는 말은 스페인어로 'Tengo hambre'라고 한다. '가지고 있다'라는 뜻을 가진 동사 'tener'의 1인칭 단수형 'tengo'와 '허기'를 뜻하는 명사인 'hambre'가 합쳐진 문장이다. 직역하면 '나 허기를 가지고 있어' 정도랄까. 그러고 보면 스페인 사람들은 가지고 있다는 표현을 많이 쓴다. 'Tengo sueño'는 '나 잠을 가지고 있어(졸려)', 'Tengo sed'는 '나 갈증을 가지고 있어(목말라)', 'Tengo calor'는 '나 더위를 가지고 있어(더워)'. 우리가 느낀다고 하는 것들을 그들은 가지고 있다고 말한다. 가지고 있기에 느껴지는 것이다. 허기든 목마름이든, 추위든 더위든.

1인석이 많은 식당이라 그런지 주위를 둘러보니 혼자 끼니를 해결하는 사람이 대부분이다. 음악도 나오지 않는 적막한 가게에 저마다의 후루룩 소리가 울려 퍼진다. 여기는 한낮의 홍대 거리. 바쁘고 정신없는 서울 땅에서 오늘도 살아 보겠다고 면을 썹어 삼키고 국물을 마신다. 우리는 지금 식탁 위에 허기를 내려놓고 있다. 다 내려 놓은 뒤에는 다시 오후를 살아갈 힘을 가지고 식당 밖으로 나갈 것이다.

diecinueve

나베르와
한들레

: 내일을 배우는 가장 쉬운 방법.

NAVER

나베르. 하루에도 몇 번씩 접속하는 포털 사이트의 이름이 자꾸만 다르게 읽힌다. 어제는 'handle'이라는 단어를 '한들레'로 읽었다. 배운 지 얼마나 됐다고 벌써 영어를 스페인어로 읽다니. 웃기는 일이다. 초보 중에서도 왕초보면서 스페인어 공부하는 티는 혼자 다 내고.

멕시코 체류 경험이 있는 선생님은 아직도 'sale'을 스페인어로 읽게 된다고 했다. 'sale'는 '나가다', '떠나다'라는 뜻을 가진 동사 'salir'의 3인칭 단수형으로 스페인 발음으로는 '살레'라고 읽는다. 그 말을 듣고 나니 거리에서 'sale'을 마주칠 때마다 '살레'를 떠올리게 된다. 살레, 살레. 자꾸 중얼거리다 보니 세일보다 입에 붙는 것 같기도 하고.

고작 일주일에 두 번 듣는 외국어 수업이 이런 식으로 일상의 어떤 부분을 바꿔 놓는다. 알파벳을 보고 영어가 아닌 다른 언어를 떠올리는 나를 지금껏 한 번도 상상해 본 적 없었다는 사실이 새삼 놀랍다. 배움이란 내일을 바꾸는 가장 쉬운 방법. 어제는 알지 못했던 무언가를 배우며 오늘에서 내일로 간다.

veinte.

당신과 당신들

: 세계의 확장,
  새로운 개념을 배우는 일.

아이를 좋아하지 않는다. 나에게 아이들이란 늘 좋기보단 싫고 싫기보단 무서운 존재였는데, 이게 무슨 신의 장난인지 일자리를 구하는 족족 어린이를 상대하는 곳이었다. 키즈카페(거기 노란 티셔츠 입은 어린이! 바닥에 침 뱉지 마세요!), 태권도장(야, 야! 누가 도장에서 싸우래! 관장님한테 이른다?), 어린이 체험전(친구들 반가워~ 나는 아마존에 사는 분홍 돌고래 뿌뚜라고 해), 각종 육아용품 판매(아유, 그럼요 어머님. 이게 얼마나 편한데요. 일단 태워 보세요. 아이고 예뻐라~ 여기 한번 타 볼까?).

그 일들은 내게 너무 적은 돈과 너무 많은 분노, 스트레스로 인한 각종 신체적, 정신적 질병을 가져다 주었지만 그럼에도 아이들과 온종일 부대끼다 보면 이따금 보상처럼 그들이 만드는 귀여운 장면을 목도하곤 했다. 내 입꼬리를 올라가게 했던 건 바로 이런 장면이었다.

"선생님, 나 오늘 코코볼 먹고 왔다요."
"나는 주먹밥 먹었다요?"

"난 안 머거따요."

"나도, 나도!"

"나는요! 뭐 먹고 왔냐면요!"

짧은 혀와 어설픈 존댓말의 조합. 그건 정말 심각하게 귀여웠다. 아직 존댓말에 대한 개념이 제대로 잡혀 있지 않은 유치부 아이들은 문장 끝에 '요'만 붙이면 존댓말이 되는 줄 알았다. 하긴, 그럴 만도 하지. '밥'이 '진지'가 되고 '먹다'가 '드시다'와 '잡수다'가 되는 신비한 존댓말의 세계를 이해하기에 다섯 살은 너무 어린 나이다.

존댓말은 한국어와 일본어에만 있는 특수한 개념이라고 생각했는데 천만의 말씀 만만의 콩떡. 스페인어에도 존댓말이 있다. 물론 한국어의 존댓말만큼 복잡하고 견고하지는 않지만 어떤 부분에서는 오히려 더 섬세하고 확실하다.

스페인식 존댓말을 설명하려면 일단 인칭대명사 이야

기부터 꺼내야 한다. 앞에서도 짧게 언급했지만 스페인어의 동사는 특별한 경우를 제외하고는 주어의 인칭에 따라 변화한다. 인칭대명사의 종류는 다음과 같다.

인칭 수	단수	복수
1	yo (나)	nosotros/as (우리들/여성형)
2	tú (너)	vosotros/as (너희들/여성형)
3	él/ella/usted (그/그녀/당신)	ellos/ellas/ustedes (그들/그녀들/당신들)

'말하다'라는 뜻을 가진 동사 'hablar'는 이렇게 변화한다. hablo(나), hablas(너), habla(그/그녀/당신), hablamos(우리들), habláis(너희들), hablan(그들/그녀들/당신들). 너는 말하지만(hablas) 당신은 말씀한다(habla). 스페인어 문장을 만들 때는 주어의 인칭부터 생각해야 한다. 자칫하다가는 "야, 너 점심 드셨습니까.", "사장님, 주말 잘 보냈니?" 같은 획기적인 말을 하게 될지도 모르니까.

여섯 개의 인칭대명사에 따라 동사의 형태가 달라지는 언어. 거기에는 당신을 위한 존댓말과 당신들을 위한 존댓말이 있다. '말하다'와 '말씀하다' 사이의 그 미묘한 지점들을 나는 모른다. 네가 말해도 그가 말해도, 당신이 말해도 당신들이 말해도, 우리가 말해도 너희가 말해도 나는 그저 '말하다'와 '말씀하다' 밖에 떠올리지 못할 것이기에.

내 세계에 존재하지 않았던 개념을 완벽하게 이해하는 일은 애초에 불가능하지 않을까. 하여 그냥 받아들이는 것이다. 저 멀리 스페인이라는 나라에는 그런 것도 있구나, 생각하면서. "내 친구 루이스는 어제 영화를 보셨습니다." 아이들의 것처럼 깜찍하지는 못한 실수를 하며 낯선 규칙을 배워 가는 중이다. 세계는 이렇게 확장된다.

veintiuno

노력의 동기

: 젤리와 푸딩 사이,
  한없이 말랑한 나의 자존심.

"루시, 할 수 있겠어요?"

한 명씩 돌아가며 연습 문제를 풀던 중이었다. 내 차례가 다가오자 선생님이 조심스레 물었다.

"아뇨, 선생님. 할 수 없겠어요. 뭐라는 건지 하나도 모르겠어요."

입 밖으로 튀어나오려는 말을 꾹 눌러 삼키고 웅얼웅얼 틀린 답을 말했다. 선생님이 친절하게 정답을 설명해 주는 동안 딱 한 가지 생각만 들었다.

아, 집에 가고 싶다.

지난주에 한 번 결석했더니 안 그래도 크던 실력차가 더 벌어졌다. 내가 끙끙대며 한 문제를 겨우 풀 때, 까를 라는 세 문제를 푼다. 내가 기적적으로 두 번째 문제로 넘어갔을 때, 빠블로는 이미 모든 문제를 다 풀고 다음 페이지를 구경하고 있다. 아무리 내가 복습을 안 한다지만 그래도 이쯤 되면 뭔가 이상한 거다. 다들 날 속이고 있는 게 분명해. 독해도 술술 작문도 술술. 이건 뭐 껍데기만 동양적인 스페인 사람들이잖아, 완전히.

　연습 문제를 푸는 시간이 오면 강의실 밖으로 뛰쳐나가고 싶다. 설명을 들을 땐 다 알 것 같았는데 막상 문제를 풀려고 하면 배운 걸 어떻게 적용해야 할지 감이 잡히지 않는다. 선생님이 가까이 오면 괜히 프린트물만 뒤적뒤적. 속으로는 아이고 타령을 3절까지 부르고 있다. 아이고 아이고, 무슨 부귀영화를 누리겠다고 팔자에도 없는 스페인어 공부를 시작해서. 아이고 아이고, 책이고 나발이고 그냥 안 쓰겠다고 하는 건데. 아이고 아이고, 이 폭염에 홍대까지 와서 이게 뭐하는 짓인지. 아직도 수업은 한 시간이나 남았다.

　솔직히 자존심이 상했다. 어디서 뭘 하든(수학과 술만

빼고) 가장 특출난 사람까지는 아니더라도 무난히 중간 이상은 갔는데. 그걸 나름의 자랑으로 여기며 살아온 나에게 스페인어는 깊은 좌절감을 안겨 줬다. 언어는 재능이라던데 아무리 해도 안 되는 거 아닐까. 나한테는 스페인어보다 일본어가 더 잘 맞는 거 아닐까. 아니야, 그래도 고등학교 시절엔 언어 1등급도 척척 잘만 받았는데. 아, 맞다. 그건 한국어지…. 원래 국어 잘하는 사람들이 외국어는 못하나?

지하철을 타고 집으로 돌아오며 칼을 갈았다. 그래, 주말 내내 스페인어 공부만 해서 다음 주 화요일엔 당당하게 대답해야지. 본문도 열 번씩 읽고 문제도 미리 풀어 가야지. 내가 공부를 안 해서 그렇지 막상 하면 분명히 잘할 거야. 연습 문제 풀 때마다 내 차례 계산해서 그 문제만 후다닥 푸는 거 너무 비굴하잖아. 아무리 그래도 자존심이 있지. 공부에 대한 나의 불타는 의지와 열정 때문인지 달리는 경의선이 후끈해졌다. 아이고, 더워라.

하지만 막상 집에 도착하자 그 결심은 땡볕에 둔 아이스크림처럼 급속도로 녹아가더니 끝내 옅은 흔적만 남긴 채 사라져 버렸다. 집에서의 나는 너무 바빴다. 에어컨 밑에서 늘어지게 낮잠도 자야 하고, 귀여운 고양이 동영상도 찾아봐야 하고, 친구와 메신저로 수다도 떨어야 하고, 엄마랑 마트도 가야 하고. 스페인어 공부는 우선순위 밖으로 한 칸씩 밀려났다. 취미로 배우는 외국어보다 흥미롭고 중요한 일이 세상에는 너무 많았다.

결국 월요일 밤 열한 시가 넘어서야 어기적거리며 책과 프린트물을 펼쳤다. 배운 내용이 하나도 기억나지 않아 얼마 되지도 않는 숙제를 하는 데 두 시간 가까이 걸렸다. 어찌저찌 숙제를 끝내고 나니 복습할 기력이 남아 있지 않았다. 불을 끄고 침대에 누웠는데 자괴감이 밀려왔다. 나는 내일도 멍청한 학생이 되겠지. 문제를 제일 늦게 풀겠지. 무슨 소린지 제대로 알아듣지도 못하면서 고개만 열심히 끄덕이겠지.

질리도록 들어 온 누군가의 성공담을 생각해 본다. 매번 꼴등만 하는 게 너무 자존심 상해서 화장실 가는 시간만 빼고 공부에 매진해 서울대에 합격한 사람. 돈 없다고 무시당하는 게 서러워 이를 악물고 부자가 된 사람. 넌 절대 안 된다는 말이 틀렸다는 걸 보여 주고 싶어 기를 쓰고 사법고시에 합격한 사람. 그러니까 자존심이 노력의 동기가 되는 사람들. 그들의 승부욕과 악바리 근성이 내게는 왜 없는 걸까. 내 노력의 동기는 오직 즐거움이다. 큰 인물 되기는 정말이지 틀린 것 같다.

한없이 말랑하고 쓸데없이 훌륭한 탄성을 자랑하는 내 자존심은 뭉개지고 눌렸다가도 시간이 아주 조금만 지나면 다시 원래대로 돌아온다. 나만 빼고 모두가 우등생인 학원에서는 풀죽어 있다가도 홈그라운드에 돌아오면 어깨를 쭉 펴고 이렇게 외친다.

아니, 내가 뭐 스페인 가서 살 것도 아니고. 한국인이 스페인어 못하는 게 당연하지. 내가 그거 말고 잘하는 게 얼마나 많은데! 됐어 됐어, 그럼 됐어.

　그리하여 다음 수업 시간에도 내 목소리는 쥐새끼처럼 작아지는 것이다. 찍찍, 뭐라는 건지 하나도 모르겠어요.

veintido's.

컨닝의 역사

: 폭력으로 얼룩진 교실.

시작은 지우개였다.

고학년으로 올라가면서 다니기 시작한 영어 학원에서는 매 수업 시작 전마다 단어 시험을 봤다. 문제는 약 50개. 철자를 보고 뜻을 적는 문제와 뜻을 보고 철자를 적는 문제가 반씩 섞여 있었다. 단어장을 수없이 반복해서 읽다 보면 뜻은 그럭저럭 외워졌다. 문제는 철자였다. 깜지도 써 보고 입으로 읽어도 봤지만 철자를 외우는 일은 너무 어려웠다. 발음도 알고 뜻도 아는데 철자를 몰라서 틀린 문제가 많았다.

문제를 다 풀면 맞은편에 앉은 아이와 시험지를 바꿔서 채점했다. 채점이 끝난 시험지를 돌려받기 전까지 가슴이 얼마나 조마조마했는지 모른다. 세 문제 이상 틀리면 틀린 개수만큼 손바닥을 맞아야 했기 때문이다. 회초리는 그때그때 달랐다. 30센티미터짜리 플라스틱 자, 대나무 막대기, 단소, 파리채. 주로 이 네 가지 종류가 나름의 규칙을 가지고 로테이션됐다. 오늘의 회초리로 단소가 선택된 날에는 속으로 오만가지 욕을 읊조렸다. 단소로 맞으면 정말정말 너무너무 진짜진짜 아프다. 아직도 나는 단소가 싫다.

맞지 않기 위해서라면 무슨 짓이든 할 수 있을 것 같았다. 단어를 완벽하게 외우는 것만 빼고. 떨리는 마음으로 범행을 계획했다. 새 지우개를 산 다음 지우개를 감싸고 있는 종이 포장을 뜯어 안쪽에 단어를 적는 것이다. 글씨는 너무 작아도 커도 안 된다. 너무 작으면 몰래 보기 힘들고 너무 크면 조금밖에 적지 못하니까. 쉬운 단어는 외우고 어려운 단어는 지우개에 적었다. 효과는 아주 좋았다. 무엇보다 손바닥이 아프지 않아서 좋았다.

범행은 점점 대범해졌다. 지우개에서 종이 필통으로, 캐러멜 상자로. 가끔은 일부러 두세 대씩 맞기도 했다. 일부러 틀릴 생각까지 하다니 난 정말 천재야. 스스로의 재치에 박수를 보냈다. 꼬리가 길면 밟힌다더니. 어느 날 껌 종이에 적은 단어를 시험지에 옮겨 적는데 선생님이 툭, 어깨를 쳤다. 너무 놀라서 간이 거의 떨어질 뻔했다. 선생님은 처음부터 다 알고 있었던 것이다.

수업이 끝나고 친구들이 모두 떠난 교실에서 펑펑 울며 말했다. "맞기, 흡, 싫어서, 흑, 그랬어요." 선생님은 심란한 얼굴로 한참 동안 나를 바라봤다. 된통 혼날 줄 알았는데 그게 전부였다. 부끄러운 마음은 들지 않았다. 그 학원은 몇 달 더 다니다 그만뒀다. 다음에 옮긴 곳은 대형 종합학원의 단과반이었는데 그곳의 선생님은 많이 틀린 아이를 때리는 대신 하나도 틀리지 않은 아이에게 한 자루에 삼천 원이나 하는 일제 펜을 줬다. 거기서 가장 많은 단어를 외웠던 것 같다. 펜은 딱 한 번밖에 받지 못했지만.

한 명씩 돌아가면서 연습 문제를 풀 때 참고하려고 포스트잇에 헷갈리는 동사 변화를 적었다. 보고 푼다고 누가 뭐라고 하는 것도 아닌데. 합법적 컨닝을 준비하면서도 자꾸 누군가의 눈치를 봐야 할 것만 같은 기분이 든다. 폭력의 기억은 마음속 가장 깊숙한 곳에 남아 불쑥 불쑥 튀어나온다. 아주 오랜 시간이 지난 뒤에도.

생각해 보면 그 시절엔 참 많이 맞았다. 더 심각한 폭력을 겪은 이전 세대의 눈에는 사랑의 매처럼 보일지 모르겠지만 맞는 입장에서 사랑의 매라는 건 없다. 한자 급수 시험을 통과하지 못해서 맞고, 폐지를 가지고 오지 않아서 맞고, 구강검진 결과문을 늦게 제출해서 맞고, 흰우유를 마시지 않아서 맞고, 그림을 늦게 그려서 맞고. 몇몇 아이들이 말을 듣지 않는다는 이유로 반 전체가 엎드려뻗쳐를 한 채 허벅지를 세 대씩 맞았던 날에는 너무 억울하고 화가 나서 교무실에 불을 지르고 싶다는 생각까지 했다. 애들은 맞으면서 크는 거야. 사회 전반적으로 그런 의식이 깔려 있었던 것 같다. 어른들이 그렇다는데 아이들에게 무슨 힘이 있겠는가. 까라면 까고 때리면 맞는 거지.

"태우야, 요즘도 학교에서 선생님들이 때리니?"

한번은 일하던 태권도장의 에이스, 한국체대에 입학하는 게 꿈이라는 6학년 태우에게 물었다. "안 때리는데요?" 그 대답이 생각보다 쉽게 나와서 마음이 놓였다. 그런데 정말 마음을 놓아도 될까. 선생님만 회초리를 들지 않는다면 태우는 그 어떤 폭력으로부터도 자유로울수 있을까. 어떤 사건의 피해자도 가해자도 되지 않고 무사히 성인으로 성장할 수 있을까.

글쎄, 잘 모르겠다. 체벌이 사라진 교실에도 여전히 폭력은 남아 있다. 법이 자신에게 얼마나 관대한지 깨달은 아이들은 한층 잔혹해진 방법으로 또래 친구들을 죽음으로 몰아가고, 반 단체 카톡방에서는 성희롱이 빈번하게 일어나고, 욕망의 눈길로 제자를 바라보는 선생들은 학교 내 성폭력이라는 참혹한 단어의 조합을 만들고. 이틀에 한 번씩 기함할 수밖에 없는 뉴스를 접하다 보면 나는 절대 하지 않을 줄 알았던 말이 저절로 튀어나온다.

"잘못한 놈은 그냥 졸라 맞아야 돼."

지금 다시 학교를 다녀야 한다면 어떨까. 아마도 나는 무슨 수를 써서라도 도망칠 것이다. 잘 다닐 자신이 요만큼도 없다. 선생으로든 학생으로든. 교실은 여전히 폭력으로 얼룩져 있다.

해야만 하는 것들

: 개인의 의무와
  공공의 의무.

- 비염 약 타러 이비인후과 가기

- 도서관 책 반납(수요일까지)

- 원고 두 편 완성

- 우리은행 통장 이월

- 냉장고 채소 처리하기(샐러드 만들어 먹기)

- 치과 스케일링 예약

- 모임 날짜 정하기

- 새로 나온 편의점 떡볶이 먹어 보기(튀김도 같이 준다)

- 테이블 야자, 마리모 물 갈아주기

- 목요일 아침 9시부터 단수(미리 씻을 것)

- 차가버섯 가루 사기

- 공원 달리기(세 번 이상)

월요일 오전이면 다이어리를 펼쳐 놓고 이번 주에 해야 할 일들을 적는다. 사소하고 자질구레한 일들까지 최대한 꼼꼼하게. 메모는 습관인 동시에 취미나 놀이 같은 것이기도 해서 커피 한 잔 홀짝이며 뭔가를 끼적거리는 이 시간이 내게는 무척 소중하다. 목록에 적힌 모든 일을 주말까지 완벽하게 끝내는 기적은 일어나지 않는다. 계획이란 건 원래 세울 때만 재미있는 법이니까(인생이 계획대로 흘러갔다면 나는 벌써 신사동 건물주가 되고도 남았겠지…). 다행히 이번 주에는 특별한 이벤트가 없다. 반드시 해야 하는 일보다 해도 그만 안 해도 그만인 일이 훨씬 많을 때는 가벼운 마음으로 한 주를 시작한다.

지난 수업 때는 의무를 나타내는 표현을 배웠다. 스페인어의 의무 표현은 크게 세 가지로 나뉜다. 'tener que+동사 원형', 'deber+동사 원형', 'hay que+동사 원형'. 각각의 쓰임은 비슷한 듯 다른데 이게 참 흥미롭다.

'tener que+동사 원형'은 영어의 'have to' 같은 느낌이다. '새 셔츠를 사야 해', '저녁에 할머니한테 안부 전화 드려야 해'처럼 어떤 일을 해야 할 필요가 있을 때 사용한다. 'deber+ 동사 원형'은 영어의 'must'와 비슷하다. '새 셔츠를 사지 않으면 안 돼', '저녁에 꼭 할머니한테 안부 전화 드려야만 해'처럼 강력한 의무를 나타내는 표현이다.

가장 생소했던 것은 'hay que+동사 원형'이다. 앞서 설명한 두 가지 표현이 개인의 의무를 말할 때 사용된다면, 이 표현은 공공의 의무를 말할 때 사용된다. 특정한 인물이 아닌 불특정 다수에게 해당되는 의무. '가게에서 옷을 사려면 돈을 지불해야 한다', '횡단보도를 건널 때는 신호를 지켜야 한다'처럼 윤리적이고 통념적인 상식이나 규칙을 떠올리면 이해가 쉽다.

배운 대로 설명하긴 했지만 사실 조금 애매하긴 하다. '비염 약을 처방받기 위해 이비인후과에 가야 한다'는 지극히 개인적인 의무 같지만 이걸 '몸이 좋지 않아서 병원에 가야 한다'로 바꿔 말하면 보편적인 의무가 되어버리니까. 학원에서 연습 문제를 풀 때도 계속 헷갈렸다. '역사 과목 시험을 통과하려면 열심히 공부해야 한다'는 개인의 의무, '일 년에 한 번은 치과에 방문해야 한다'는 공공의 의무, '이 회사에서 일하려면 추천서를 제출하고 두 번의 면접을 봐야 한다'는 개인의 의무인 동시에 공공의 의무.

아니, 개인이면 개인이고 공공이면 공공이지 뭐가 이렇게 복잡해! 독일이나 일본이라면 몰라도 내 상상 속 스페인 사람들은 공공의 의무와 개인의 의무를 굳이 구별해서 사용할 정도로 까다롭지 않은데.

사실 세 가지 표현 중 가장 보편적으로 사용되는 것은 'tener que+동사 원형'이라고 한다. 'deber+동사 원형'은 명령의 느낌을 가지고 있기 때문에 꼭 필요할 때만 쓰고, 'hay que+동사 원형'을 'tener que+동사 원형'으로 바꿔 말한다고 해서 큰일이 나는 건 아니니까. (이럴 거면 애초에 하나로 통일하면 좋았잖아요?)

표현도 용법도 다양해 처음 배울 때는 애를 먹지만 정작 실제로 사용할 때는 조금 틀린 걸 가지고 빡빡하게 굴지 않는 스페인어. 그런데 그게 또 나름의 매력처럼 느껴진다. 낯가림이 심해 처음에는 대하기 어려울지 몰라도 일단 친해지고 나면 다정하고 유쾌한 나처럼. 역시 사람이든 언어든 겉만 봐서는 모르는 거다.

+ 음… 그러니까 스페인어 문법을 설명하려고 쓴 글이 왜 자기 자랑으로 끝나는 건지 저도 정말 모르겠군요. 저는 이제 차가버섯 가루를 주문하러 가겠습니다. 그게 그렇게 몸에 좋다네요. 모두 건강 잘 챙기세요. 이건 공공의 의무.

veinticuatro

반역자의 마음

: 흠 많은 나라의
  조용한 개인주의자.

일본인은 개인적이고 남에게 폐 끼치는 걸 싫어한다. 독일인은 진지하고 보수적이다. 프랑스인은 자존심이 세고 말솜씨가 뛰어나다. 국민성에 대한 이야기를 들을 때면 거부감이 앞선다. 고양이 발바닥보다 좁은 내 인맥을 총동원해 따져 봐도 천차만별인 게 개인의 성격인데 어떻게 같은 나라에 산다는 이유만으로 그 많은 사람들의 특성을 하나로 뭉뚱그릴 수 있을까. 일본에도 남에게 폐 끼치는 재미로 사는 사람이 있고(왠지 짱구에 등장하는 오수 캐릭터를 떠올리게 된다). 독일에도 진지한 얘기라면 치를 떠는 사람이 있을 텐데(솔직히 이건 상상이 잘 안 된다).

성급한 일반화는 현명하지 못하다고 생각하지만 그러면서도 막상 장기 여행이나 유학을 다녀온 사람들의 이야기를 들어 보면 어떤 부분에서는 고개를 끄덕이게 된다. 역사적, 지리적, 기후적 특성이 인간에게 미치는 영향을 무시할 수 없기 때문인 걸까.

학원에는 두 번째 스페인 여행이 스페인어 공부의 동기이자 목적인 사람이 은근히 많다. 첫 번째 스페인 여행이 너무나도 만족스러워서 스페인어 학원까지 찾게 된 것이다. 스페인어를 배워서 다음 여행은 더 알차고 야무지게 즐길 거라고 말하는 사람들을 보면 천생 집순이에 여행 알레르기가 있는 나조차 스페인이라는 나라가 궁금해진다.

우리 반으로 보충 수업을 들으러 온 유비아(lluvia, 스페인어로 '비'라는 뜻이다)도 두 번째 스페인 여행을 준비하는 학생이었다. 그가 스페인을 사랑하게 된 이유는 아름다운 자연경관도, 이탈리아 음식 뺨치게 맛있다는 스페인 음식도 아니었다. 그러니까 그건 바로 사람. 그는 쾌활하고 친절한 스페인 사람들의 매력에 푹 빠졌다고 했다. 스페인 체류 경험이 있는 선생님과 다른 수강생들도 그 말에 동의했다.

스페인은 유럽 국가 중 한국과 매우 흡사한 국민성을

가진 나라로 꼽힌다. 가족과 친구를 중요하게 생각하고 술과 유흥을 사랑하는 나라. 전형적인 한국인의 특성에 지중해 국가 특유의 느긋함과 명랑함을 한 국자 가득 끼얹은 것 같다고나 할까. 내 친구 네 친구 따지지 않고 한데 어울려 부어라 마셔라 떠들썩하게 노는 걸 좋아하는 사람들에게는 스페인처럼 매력적인 나라가 또 없는 모양이다.

하지만 내 경우라면 얘기가 다르다. 나로 말할 것 같으면 둘째가라면 서러운 개인주의자. 뭐든 혼자 하는 걸 선호하고 술이라곤 맥주 반 캔도 겨우 마시며 '뭉치면 살고 흩어지면 죽는다' 식의 단체 문화에 엄청난 반발심을 가지고 있다(제발 날 좀 혼자 가만히 놔둬!). 이런 나에게 유비아가 말한 스페인은 가까이 하기엔 너무 피곤한 나라다.

모처럼 맞이한 평화로운 휴일. 소파에 누워 고양이를 쓰다듬으며 넷플릭스나 보려고 하는데 딩동, 초인종이 울린다. 문을 열고 나가 보니 옆집 마리아와 윗집 후

안, 아랫집 소피가 맥주와 감자칩을 한아름 끌어안고 서 있다. "루시, 주말 내내 같이 술이나 마시자!" 응? 뭐라고? 아니, 잠깐만 얘들아? 나 오늘 우리 고양이랑 약속 있는데… 주말 내내 한 마디도 안 하고 혼자 있고 싶었는데…. 그리고 난 감자칩 안 좋아해. 나쵸가 좋단 말이야….

아이고, 세상에. 이런 상황은 정말이지 상상만으로도 슬프다. 흑흑. 내 소중한 휴일.

"개인행동 하지 마."

학교든 회사든 어떤 단체에 소속됐던 시절 귀에 못이 박히도록 들었던 말이다. 반역자라도 된 듯한 기분을 느껴야 했다. 사람에 지쳐 점심만이라도 느긋하게 혼자 먹고 싶을 때마다, 막차를 타려고 회식 자리에서 일찍 빠져나올 때마다, 친구들의 여행 제안을 거절할 때마다. 어쩔 수 없이 따라간 술자리에서 시계를 힐끔거리며 호

시탐탐 자리를 뜰 타이밍만 노리는 나 같은 사람이 스페인에도 분명 있겠지. "쟤는 사회성이 너무 없어서 문제야. 어쩌려고 저런다니, 정말." 뒷말이 나올 걸 뻔히 알면서도 2차는 죽어도 가기 싫은 마음을 그들은 이해하겠지. 아픈 사람 마음은 아픈 사람이 알고 반역자의 마음은 반역자가 안다. 참으로 어렵군요, 개인주의자로 사는 건.

+ 올라, 스페인 아웃사이더. 여기는 한국입니다. 아뇨, 노스 아니고 사우스…. 너무 고되지 않나요? 흥 많고 단결력 강한 국민성을 가진 나라에서 조용한 개인주의자로 사는 일이요. 우리끼리 반역자 모임이라도 결성할까요. 아, 그럼요. 오늘 말고 나중에요. 당신 마음이 내 마음. 일단 지금은 집에 가고 싶으니까요. 그럼 다음에 봐요, 아디오스!

veinticinco

다시 돌아오는 말

: 재귀동사,
  돌고 돌아 다시 안쪽을 향해.

먼저 양해를 구해야겠다. 이번 장에서는 어쩔 수 없이 지루한 이야기를 해야 하니까. 한국어도 아닌, 그렇다고 영어도 아닌 낯선 언어의 문법을 재미있게 설명하는 것은 하리보 젤리 한 번도 안 깨물고 녹여 먹기만큼이나 불가능에 가까운 일이다. 그래도 세계 3대 지루한 이야기로 손꼽히는 남의 연애사, 고생사, 가족사보다는 재미있을지도 모르니 너그러운 마음으로 읽어 주시길. 아무쪼록 잘 부탁합니다.

자동사와 타동사라는 말을 마지막으로 들었던 게 언제였더라. 아마도 휴학생 시절이었을 것이다. "4년제도 아니고, 꼴랑 2년짜리 전문대 다니면서 휴학은 무슨 휴학?" 주위의 따가운 시선 따위 엿이나 먹으라는 심정으로 나는 휴학을 강행했다. 졸업까지 한 학기를 앞둔 시점이었다. 1년의 유예 기간을 둔 건 두 가지 이유 때문이었다. 졸업 작품에 들어갈 돈을 벌기 위해, 그리고 토익 점수를 따기 위해.

비장한 마음으로 찾아간 종로의 한 어학원에서 진지하게 진로 재탐색을 고민했다. 지금이라도 학교를 때려치우고 미국으로 떠나야 하는 거 아닐까. 대한민국의 모든 돈은 결국 토익 학원으로 흘러든다는 인생의 진리를 어째서 아무도 말해주지 않았을까. 나는 왜 재미 교포가 아닐까. 수강료를 납부하기 위해 출입문 밖 계단까지 길게 줄을 선 사람들을 보니 그런 생각이 절로 들었다. 영어는 내가 생각했던 것보다 훨씬 막강한 언어였고 토익 점수는 그보다 조금 더 힘이 센 것 같았다.

500점 이하 왕초보 기초반 선생님은 가까이 하기엔 부담스러울 정도로 에너지 넘치는 사람이었다. 생각해보면 그 학원 소속 강사들은 전부 그랬다. 원장이 강의 실력보다 퍼포먼스를 중요하게 생각하는 사람이었는지도. 결론부터 말하자면 이력서에 적을 만한 토익 점수는 얻지 못했다. 연봉이 억대에 달한다는 선생님은 지칠 줄 몰랐지만 마트에서 와인과 두유를 팔며 번 돈을 고스란히 학원에 갖다 바친 나는 너무 빨리 소진됐다. 학원은 세 달 다니다 말았고 시험은 딱 한 번 치렀다. 신발 사이즈와 비슷한 점수가 나왔다. 꼬박 여섯 시간을 일해야 벌 수 있는 돈을 응시료로 날렸다. 시험장을 나오며 생각했다.

아, 제발. 토익 망했으면.

그때 배운 것들 중 아직도 기억나는 게 자동사와 타동사다. 이 개념을 설명하며 선생님은 친구 이야기를 들려줬다. 미국 유학 시절 같은 학교에 다니던 한국인 친구가 애인에게 청혼했다가 거절당한 이야기였다.

> "알겠죠, Marry with me는 틀린 거예요. marry는 타동사라서 전치사 없이 바로 목적어가 옵니다. Marry me, 이렇게 써야지. 여러분, 이거 되게 중요한 거예요. 자동사 타동사 구별 못 하면 결혼도 못 하는 거야."

그렇다. 그의 친구는 'Marry me'를 'Marry with me'

라고 말해 뼁 차이고 만 것이다. 아무리 그래도 그렇지. 자동사랑 타동사 좀 헷갈렸다고 실패할 청혼이었으면 애초에 성공 가능성이 없었던 거 아닌가? 아무리 생각해도 무리수 같은데…. 뭐야, 이거 다 지어낸 얘기 아니야? 의심 많은 나 혼자 이야기의 진위 여부를 가리고 있는 동안에도 진도는 팍팍 나갔고 다른 학생들의 펜은 바쁘게 움직였다. 휴… 그러니 내 점수가 그 모양이었지.

최대한 간단히 설명하자면 자동사는 목적어가 필요 없는 동사, 타동사는 목적어가 필요한 동사다. 앞서 말한 'marry'는 그 자체로 '~와 결혼하다'라는 뜻을 가지고 있기에 '누구'에 해당하는 목적어를 필요로 하며 전치사 'with'을 쓰지 않는다. 반대로 'cry'의 경우 '울다', 즉 목적어 없이도 완성될 수 있는 동사이기 때문에 자동사로 분류된다.

토익 선생님이 뼁을 치면서까지 이해시키려고 노력했던 이 개념은 스페인어에서도 매우 중요했다. 'vestir'는

'옷을 입히다', 'duchar'는 '샤워시키다', 'afeitar'는 '면도해 주다'. 모두 목적어가 있어야 완성되는 동사다. 스페인어는 한국어와 다르게 이런 식의 타동사가 발달했다. 잠깐, 그렇다면 목적어가 '나'일 때는?

당연한 얘기지만 '옷을 입히다', '샤워시키다', '면도해 주다'라는 말만 있는 스페인에서도 사람들은 스스로 옷을 입고 샤워하고 면도한다. 그래서 필요한 게 재귀동사다. 재귀동사는 타동사 뒤에 'se'를 붙여 만든다. 'vestirse'는 '옷을 입다', 'ducharse'는 '샤워하다', 'afeitarse'는 '면도하다'. 짜잔, 이제 이 모든 일을 혼자 할 수 있게 되었습니다!

수박 겉 핥기 식으로 설명해 별로 복잡하지 않아 보이지만 재귀동사는 한동안 나를 괴롭혔다. 인칭에 따라 달라지는 재귀대명사를 올바르게 사용하는 것도, 한국어로 번역하면 자동사와 타동사의 개념이 모호해지는 단어들을 따로 공부하는 것도 어렵고 까다로운 일이었다.

아무리 생각해도 이해가 되지 않는다. '앉다'는 없고 '앉히다'만 있는, '화나다'는 없고 '화나게 하다'만 있는 이 이상한 언어의 체계가. 하지만 나는 이방인. 내 이해 따위는 필요 없다. 스페인어가 그렇다면 그런 거겠지. 모든 걸 익숙한 모국어의 개념으로 치환하려는 태도는 외국어 습득을 방해하는 커다란 걸림돌이다.

내게로 다시 돌아오는 말. 어렵고 복잡하고 때로는 이해할 수 없어도 재귀동사는 꼭 필요하다. 바깥쪽을 향했던 마음이 돌고 돌아 다시 안쪽을 향하는 일이 그러하듯이. 그래야만 스스로 할 수 있는 일들이 있다. 실은 아주 많다. 스페인어의 재귀동사처럼.

veintise'is.

시에스타,
한낮의 휴식

: 알고 보면 꽤 근사한 거리.

강남과 더불어 웬만하면 가고 싶지 않은 장소 중 하나였다. 시끄럽고 붐비고 집에서 한 시간이 넘게 걸리며 온갖 유흥업소와 취객들로 가득한 곳. 그럼에도 약속 장소로 너무나 적절해 어쩔 수 없이 가게 되는 곳. 그러니까 홍대는 내가 질색하는 거의 모든 것들의 집합체나 다름없었다. 처음 학원을 등록하고 가장 걱정스러웠던 것은 일주일에 두 번씩 홍대에 가는 일이었다. 한 달에 한두 번 가는 것도 피곤한 홍대에 그렇게나 자주 갈 수 있을까. 생각만으로도 벌써 지쳤다.

밤의 홍대는 내가 알고 있던 모습과 크게 다르지 않았다. 여전히 시끄럽고 북적거렸으며 모르는 사람들과 필요 이상으로 바짝 붙어 걸어야 했다. 9시 50분 지하철은 콩나물시루 같았고 세상 모든 불쾌한 냄새는 전부 거기 모여 있는 듯했다. 학원에 가기 싫은 마음보다 홍대에 가기 싫은 마음이 훨씬 컸다.

홍대의 새로운 모습을 발견한 건 오후에서 오전으로

반을 옮긴 뒤였다. 두 시간 동안 수업을 듣고 나와도 바깥은 아직 한낮. 어디 내놓아도 빠지지 않는 집순이라 보통은 곧장 집으로 돌아오지만 그래도 가끔은 콧바람을 쐬고 싶은 날이 있다. 그런 날에는 좋아하는 노래를 한 곡 반복 모드로 들으며 홍대 거리를 산책한다.

역 근처는 언제나처럼 북적이지만 대로변을 벗어나 골목으로 접어들면 분위기가 달라진다. 내가 알던 그곳이 맞나 싶을 정도로 조용한 평일 낮의 홍대. 대기줄이 너무 길어 차마 가 볼 엄두조차 내지 못했던 맛집도, 주말이면 가게 밖 간이 테이블까지 만석인 카페도 한산하다. 거리의 사람들이 풍기는 분위기도 확연히 다르다. 저녁보단 차분하고 주말보단 점잖은 느낌. 과하게 흥에 취한 사람을 부담스러워하는 내게는 딱 적당한 온도다.

평일 낮의 홍대는 젊음의 거리도 유흥의 골목도 아니었다. 평범한 사람들이 모여 사는 평범한 동네. 그 모습이 좋아서 그토록 질색했던 골목을 홀로 걸었다. 시끄럽게 나대는 게 꼴사나워 미워했던 친구의 진지한 모습을 본 것 같았달까. 아니, 알고 보니 저 친구 꽤 괜찮은 녀석이더라고…. 무엇보다 5미터 간격으로 포진해 있는 길거리 버스커들을 마주치지 않아도 된다는 게 평일 낮 홍대의 가장 큰 메리트다. (제발 그렇게 다닥다닥 붙어서 노래하지 마!)

　서점 두 곳과 문구점, 인테리어 소품 가게를 차례로 구경하고 마음에 드는 카페에 자리를 잡는다. 아이스 아메리카노를 홀짝이며 내다본 창밖에는 우아한 몸짓으로 걸어가는 골든 레트리버 한 마리. 이보다 아름다운 풍경은 쌔고 쌨을지 몰라도 이보다 평온한 풍경은 몇 되지 않는다고 확신할 수 있다. 슬슬 인생의 안정기에 접어들어 가는 회사원 친구들이 한없이 부럽다가도 최선을 다해 프리랜서의 삶을 유지하고 싶어진다. 지루하고 자질구레한 일상의 고민으로부터 벗어나 만끽하는 평일 낮의 여유를 이미 알아버렸기에. 어쩌면 그건 삶을 걸고서라도 지키고 싶은 가치일지도 모르겠다.

지금은 거의 사라져 가는 추세라고 하지만 스페인에는 시에스타(siesta)라는 풍습이 있다. 한낮의 기온이 섭씨 43도를 육박하는 살인적인 더위를 피하고자 점심식사 후 두 시간 정도 낮잠을 자며 휴식을 취하는 것이다. 20분도 아니고 두 시간이라니. 이제 한국의 여름도 40도쯤은 우습게 넘어 버리는데 우리도 그런 시간을 가지면 안 되는 걸까. (물론 퇴근은 원래대로….) 그러면 지옥 같은 월요일도 아주 조금은 즐거워질 것 같은데.

해가 제대로 뜨기도 전에 지하 2층으로 출근해 달을 보며 퇴근하던 4년 전 겨울을 떠올려 본다. 낮도 저녁도 없는 삶. 그 시절 가장 간절했던 소원은 따사로운 햇볕을 마음껏 쬐는 것이었다. 버티는 일에는 영 소질이 없어 힘껏 도망쳐 여기까지 왔지만 늘 불안한 마음으로 산다. 언제 다시 그 세계로 돌아가게 될지 모르니까. 매일 같은 시간에 출근해 아득히 먼 퇴근 시간을 기다리는 내 모습을 상상해 본다. 괜히 초조해져 손톱으로 커피잔을 두드린다.

톡톡톡. 낯이 걸어가는 소리가 들린다.

너무 멀리까지 가면 안 돼. 여기서 아주 멀어지면 안 돼.

veintisiete.

일단 멈춤,
여름 방학

: 포기가 간절할 땐 브레이크를.

"저 한 달만 쉬고 싶어요."

한참을 고민하다 이야기를 꺼냈다. "쉬어도 될까요?"
가 아니라 "쉬고 싶어요."였으므로 사실상 완곡한 통보
에 가까운 말이었다. 생애 처음이자 마지막 전성기를 맞
은 매미들이 내일이 없는 것처럼 울어대던 7월 말. 가만
히 앉아 숨만 쉬고 있어도 겨드랑이가 땀으로 흥건해지
는 한여름이었다.

초급반 2개월, 중급반 2개월, 고급반 2개월. 중간에 그
만두고 싶어도 6개월은 버틴다. 공부를 계속 이어갈지
말지는 그 뒤에 정한다. 첫 수업 전에 했던 나와의 약속
을 떠올리며 남은 과정을 계산해 보니 아직도 2개월. 그
것도 무려 고급 과정이지 않은가. 아무리 생각해 봐도
자신이 없었다. 아직 못 외운 동사 변화가 태산 같은데.
이대로 고급반에 올라가면 똑같은 상황이 반복되겠지.
연습 문제를 풀 때마다 집에 가고 싶어질 거야.

그래도 버텨 보려고 했다. 포기는 친밀하고 다정한 나

의 오랜 벗. 결실을 맺지 못한 채 흐지부지 끝나 버렸던 지난날의 도전들을 떠올리며 이번만큼은 기필코 나와의 약속을 지키고 말겠다고 다짐했는데. 정말 그랬는데….

작은 사고가 있었다.

중급반 종강이 얼마 남지 않은 날이었다. 평소처럼 편의점에 들렀다 역으로 향하는 길. 새벽부터 내린 비가 도시의 먼지를 모두 쓸어냈는지 유난히 공기가 맑았다. 승강장에 서서 초콜릿을 까먹는 동안 다시 비가 내리기 시작했다. 세 개를 먹고 나니 열차가 도착했다. 요행으로 발견한 하나 남은 빈자리에 잽싸게 앉아 생각했다. 오늘은 운이 좋으려나 봐!

단어장을 꺼내 현재완료 시제의 불규칙 과거분사를 외우며 몇 정거장을 지났다. 백마를 지나 곡산을 지나 대곡으로. 그때부터였다. 처음에는 가벼운 현기증이었는데 점점 속이 메스꺼워지더니 식은땀이 나기 시작했다. 열차가 흔들릴 때마다 욕지기가 솟았다. 이상하다.

뭘 잘못 먹은 것도 아닌데 왜 이러지. 일단 내려서 좀 쉬어야겠다는 생각으로 출입문을 향해 걸어갔다. 아니, 그런 줄 알았다.

"저기요, 저기요! 괜찮으세요?"

"어머, 어떡해. 일단 어디 눕혀야 되는 거 아니에요?"

"여보세요? 여기 행신역인데요, 사람이 쓰러졌어요!"

눈을 뜨니 주변이 소란스러웠다. 출입문이 열린 채로 멈춰 있는 지하철과 다급한 목소리, 당황한 기색이 역력한 얼굴들. 몽롱한 정신을 붙들고 상황 파악을 하려 애썼다. 그러니까 나 지금 쓰러진 거지? 그렇지. 어디서? 지하철에서. 다행히 머리를 부딪친 것 같지는 않고. 아직 행신역인 걸 보니 시간이 그렇게 오래 지난 것 같지도 않은데….

모르는 사람들의 부축을 받아 열차에서 내렸다. 다리가 후들거리고 손이 마음대로 움직이지 않았다. 미주신

경성 실신으로 몇 번 쓰러진 경험이 있기는 했지만 몸이
마비된 것 같은 느낌은 처음이라 공포감이 밀려왔다. 신
고를 받고 도착한 역무원을 따라 역무실 안 직원 휴게실
로 갔다. 괜찮아질 때까지 쉬었다 가라며 깔아 준 이불
에 누워 옆을 보니 가방과 핸드폰은 물론이고 우산이며
단어장까지 그대로 있었다. 불쾌지수 높은 날씨 때문에
한껏 예민해져 바닥을 치던 인류애가 급속도로 회복됐
다. 그래도 아직 세상엔 좋은 사람들이 많구나.

　감동의 시간도 잠깐. 적막한 휴게실에 홀로 누워 낯선
천장을 바라보고 있으니 본질적인 고민에 빠져들기 시
작했다. 이게 다 뭐 하는 짓이지. 나 지금 이거 왜 하고
있지?

　간단한 문장 정도는 더듬더듬 말할 수 있게 됐지만 배
운 걸 써먹기 위해 스페인에 가고 싶지는 않았다. 꼭 한
번 여행하고 싶은 나라는 변함없이 핀란드와 영국이었
다. 스페인이라는 나라가 크게 궁금하지도, 이 언어를

아주 잘하고 싶다는 욕심이 생기지도 않았다. 이럴 거면 차라리 핀란드어를 배웠지! 수업은 지루하고 숙제는 어려웠다. 기껏 홍대까지 가서 학원 대신 노래방에서 혼자 시간을 때우다 돌아오는 날도 있었다.

한동안 인터넷에서 화제가 됐던 김연아 선수의 인터뷰가 떠올랐다. 연습할 때 무슨 생각을 하냐는 질문에 그는 특유의 시큰둥한 표정으로 이렇게 답했다. "무슨 생각을 해… 그냥 하는 거지." 그래, 한 분야의 전설이 된 사람도 그냥 한다는데. 전공이나 업무도 아니고 취미로 배우는 외국어가 뭐 얼마나 대단한 거라고 이유가 필요할까. 그냥 하면 되는 거지. 그래봤자 겨우 6개월. 시험을 보거나 유학을 가려는 것도 아닌데.

그냥 하는 거지.

그렇지만 세상에는 그냥이 안 되는 사람도 있다. 변명

일지도 모르지만, 누군가에게는 지루한 평계처럼 들릴지도 모르지만 명확한 동기와 흥미 없이는 어떤 일을 성실하게 지속하기 힘든 사람도 분명 있는 거다. 그래서 내가 이토록 평범한 걸까. 중간은 가도 최고가 되지는 못하는 걸까. 이런 마음으로 수업을 듣고 글을 쓰는 건 독자를 기만하는 걸까. 스페인어를 진심으로 사랑하는 사람들에게 죄를 짓는 걸까. 여러 생각들이 뒤엉켜 머릿속이 복잡했다.

갈수록 심란해지는 마음과 달리 몸은 조금씩 안정을 되찾았다. 자리에서 일어나 차곡차곡 이불을 개고 짐을 챙겼다. 도움을 준 역무원에게 감사 인사를 하고 승강장으로 내려왔다. 몇 시간 전 하얗게 질린 얼굴로 앉아 있었던 벤치가 저기 반대편에. 기분이 묘했다.

아찔했던 상황을 다시 그려 보다가 결심했다. 그래, 넘어진 김에 쉬어 간다고 이왕 이렇게 된 거 잠깐 멈추는 것도 괜찮을 거야. 하지만 여기서 그만두지는 말자.

죽이 되든 밥이 되든 이번 도전만큼은 끝을 보자. 포기가 간절할 땐 브레이크를. 그렇게 한 달 간의 여름방학이 시작됐다.

veintiocho

여름방학 일기, 하나

: 그러니까 그건
  노력 밖의 영역.

화요일.

알람도 맞추지 않고 잠들었는데 아홉 시 반쯤 저절로 눈이 떠졌다. 학원에 가지 않으면 오후까지 실컷 늦잠을 잘 줄 알았는데. 이럴 때 보면 습관이라는 게 참 무섭다. 아직 아침인데 도저히 가스불을 켤 엄두가 나지 않을 정도로 더워서 우유에 시리얼을 말아 먹고 집을 나섰다. 이렇게 더울 땐 카페가 최고지. 기다려라, 시스템 에어컨. 지금 만나러 갈게!

당분간은 스페인어 공부에 대한 부담 없이 지내기로 했다. 오늘의 가방에는 교재도 파일도 노트북도 없다. 챙긴 거라곤 좋아하는 소설책과 늘 가지고 다니는 수첩, 볼펜 한 자루. 모처럼 어깨가 가볍다. 카페에 도착해 차가운 커피로 목을 축이고 괜히 수첩을 뒤적였다. 몇 달 전의 내가 남겨 놓은 짧은 메모가 눈에 들어온다.

"¡Chao!"

수업이 끝나면 우리는 이렇게 인사하고 헤어진다. 챠오! 안녕, 잘 가, 곧 다시 만나. 아직 어색한 사람들에게 낯선 언어로 건네는 인사. 쑥스럽지만 이 말이 주는 다정함이 좋아서, Bye Bye보다 조금 더 살가운 느낌이라서. 구석에 앉아 낯을 가리다가도 인사만큼은 분명한 목소리로 하게 된다. 챠오! 안녕이라는 말이 이렇게 귀여워도 되는 거야?

4월 11일. 이제 막 스페인어를 배우기 시작했을 무렵의 메모. 그때의 마음을 꺼내 뽀얗게 쌓인 먼지를 털어본다. 한없이 맑고 푸르구나, 초심이라는 건. 처음에는 분명 즐거웠다. 낯선 단어를 조심스레 발음하는 일도, 새로운 이름으로 불리는 일도. 올라! 챠오! '안녕'과는 확연히 다른 느낌의 안녕을 말하는 게 재미있어서 학원에 가는 날이 내심 기다려지기까지 했다.

그런데 지금은 왜? 취미로 시작한 스페인어가 언제부터 의무가 되어 버린 걸까. 도대체 어디서부터 삐끗한 걸까. 소원해진 루시와의 관계를 회복하려면 일단 그 지점부터 찾아야 했다.

  루시의 기록을 책으로 만들기로 결심하고 나서 가장 먼저 했던 일은 독서였다. 무언가를 배우고 도전하는 사람들의 이야기를 부지런히 찾아 읽었다. 외국어, 축구, 요가, 요리, 피아노, 세계일주. 분야는 달랐지만 느껴지는 감동의 결은 비슷했다. 어떤 일에 대한 무한한 애틋함. 대가를 바라지 않는 순수한 노력. 그들이 안내하는 새로운 세계에 흠뻑 빠져들어 함께 울고 웃을 수 있었던 건 바로 그런 애정 때문이었다. 좋아한다는 말로는 감히 다 표현할 수 없는 마음이었다.

  그 책들은 스페인어 초급자의 학구열을 고취시키는 훌륭한 기폭제 역할을 했지만 꼭 그만큼의 부담을 안겨주기도 했다. 스페인어 이야기로 책을 쓸 정도라면 스페인어를 엄청나게 사랑해야 하지 않을까? 어떤 식으로든 스페인어에 대한 애정을 증명해야 할지도 몰라.

연기를 시작했다.

나는 스페인어를 너무나도 좋아해. 스페인어 공부는 정말 즐거워. 아니, 나 스페인이라는 나라를 사랑하게 된 것 같아! 내 글의 첫 독자, 나를 설득하기 위한 연기였다. 스페인어에 대한 애정이 아니라면 설명할 수 없을 것 같았다. 이 책을 쓰는 이유도, 읽는 이유도.

정말 몰랐다. 그게 루시와 현 모두를 속이는 짓이었을 줄은. 내 마음은 애정보다 흥미에 가까웠다. 평생 아무런 접점도 없었던 스페인어를 일주일에 두 번 취미삼아 배우게 됐다는 이유만으로 사랑하게 될 수는 없는 노릇이었다. 더군다나 내가 누군가. 금사빠라는 단어의 가장 확실한 반의어 같은 사람. 사람에게 반하는 것도 어렵기만 한데 난생 처음 본 외국어를 무턱대고 사랑하려 했다니. 정말이지 말도 안 되는 노력이었다.

"현아, 소묘를 좋아하려고 노력해 봐. 수채화만 좋아하지 말고. 자꾸 좋다고 생각하면 진짜 좋아질지도 몰라. 선생님 믿고 너를 속여 봐."

전 대통령과 이름이 같았던 나의 미술 선생님은 이렇게 말했다. 미대 진학을 목표로 수채화와 소묘를 배우던 시절이었다. 남들보다 잘하는 소묘에 시간을 투자해 수채화에서 깎아 먹을 점수를 만회해야 합격할 확률이 높아질 텐데 영 소질이 없어 보이는(선생님 말에 의하면 정말 더럽게 못하는) 수채화만 붙들고 늘어지는 내가 얼마나 안타까웠을까.

그런데요 선생님, 사람 마음이 노력한다고 되는 게 아니잖아요. 소묘가 좋다, 소묘가 좋다. 매일 주문처럼 외워 봐도 수채화가 좋아요. 저도 정말 저를 속이고 싶은데 그게 잘 안 돼요.

10년이 지난 지금도 나는 나를 속이는 방법을 모르고. 그래서 결국 인정할 수밖에 없는 것이다. 한참을 망설이다 루시에게 고해성사를 한다.

　있지, 사실 나 스페인어를 사랑하지 않아. 그저 약간의 흥미를 가지고 있을 뿐이야.

　나도 안다. 사랑하는 일에 대한 애정이 듬뿍 묻어나는 글이 얼마나 아름다운지. 그런 글이 읽는 사람에게 어떤 감동을 주는지. 하지만 또 안다. 그 마음은 결코 연기하거나 흉내낼 수 없는 것임을. 사랑의 모양은 너무도 고유해서 아무리 뛰어난 재주로도 모방할 수가 없다. 소묘와는 다르게.

　루시는 그 반대편에 있다. 애틋함 없이도 어떤 일을 지속하는 사람의 마음. 의무, 책임, 흥미, 욕심. 애정이 아닌 단어로 설명되는 노력. 그런 것들이 만드는 이야기에는 또 다른 감동이 존재하지 않을까.

　- 전치사 외우기

　- 시제 복습하기

- 불규칙 동사 변화 마스터하기

- 필기 정리하기

- 스페인 영화 두 편 보기

　방학 숙제 목록이 적힌 포스트잇 맨 위에 빨간 볼펜으로 한 줄을 추가했다.

- 스페인어를 사랑해야 한다는 강박에서 벗어나기

　다시 학원으로 돌아가기 전까지 끝내야 할 가장 중요한 과제. 이제 스페인어와 사랑 말고 우정을 쌓기로 한다. 사랑은 언제나 노력 밖의 영역이니까.

veintiueve.

여름방학 일기, 둘

: 개를 물어뜯는 개.

Perro no come perro.

개는 개를 먹지 않는다.

최근 알게 된 스페인 격언. 의미를 설명하기 전에 비슷한 문장을 몇 개 만들어 본다. 기자는 기자를 공격하지 않는다. 의사는 의사를 공격하지 않는다. 가수는 가수를 공격하지 않는다. 선생은 선생을 공격하지 않는다. 반려동물 사료 시식가는 반려동물 사료 시식가를 공격하지 않는다. (놀랍게도 실존하는 직업이다.) 대충 감이 오시는지. 같은 업종에 종사하는 사람끼리는 서로를 헐뜯지 말아야 한다는 뜻이다. 무슨 말인지 이해는 된다. '우리 씬'에 소속된 사람을 물어뜯어 봤자 결국 제 얼굴에 침 뱉는 꼴이나 다름없다는 소리겠지.

그렇다면 내가 물어뜯지 말아야 할 사람은 누구인가. 좁게 보면 작가일 것이고 넓게 보면 출판업에 종사하는 모든 사람일 것이다. 외부인의 눈에 우리는 한동네 사람들. 서로 아끼고 사랑해야 마땅할 이웃을 뒤에서 몰래

험담하는 일은 얼마나 어리석고 비열한가.

그런데 말입니다, 제가 바로 그 어리석고 비열한 사람인데요. (머쓱….)

양심에 손을 얹고 생각해 보자. 아니, 손을 얹고 자시고 할 것도 없다. 살 맞대고 사는 가족도 미워 죽겠고 피를 나눈 친척도 싫어 죽겠는데 남이라고 그렇지 않겠는가. 알고 보면 세상 참 좁고 출판계는 그보다 훨어어어 훨씬 좁다지만 그 좁은 동네 안에 별의별 사람이 다 있다. 아직 이사떡도 다 못 돌린 새파란 신입이 할 소리는 아닌 것 같지만.

이 사람은 함께 일하는 동료들의 가치를 후려쳐서 싫고, 저 사람은 마음에 드는 독자만 발견했다 하면 어떻게 해 보려는 속내가 너무 빤히 보여서 재수없고, 그 사람은 자기가 가진 권력을 이용해 성범죄를 저지르고도 뻔뻔하게 잘 살아서 징그럽고. 한낱 조무래기에 불과한 나는 같은 처지의 피라미 친구들과 그들을 씹기 바쁘다.

물론 아주 은밀하게. 대놓고 말할 용기와 배짱 같은 건 우리에게 없으므로.

《비밀의 숲》에서 하루키는 말했다. 무에서 유를 창조하는 것이 얼마나 괴로운 일인지 알기에 말 한마디로 사람을 매도할 수는 없다고. 그것은 어떤 의미에서는 존엄의 문제이기도 하다고. 음… 전부 맞는 말이기는 하지요. 하루키 같은 대문호는 한마디로 누군가를 매도할 수 있겠지만 저에게는 너무도 턱없는 소리인 걸요. 아니 일단 다 떠나서 예외 없이 모든 동료를 존중한다는 게 정말로 가능한 일인지….

아무래도 이번 생에 썩 훌륭한 개는 되지 못할 것 같습니다. 물어뜯고 싶은 친구가 너무 많아. 왈왈!

+ 심보를 곱게 써야 성공한다는데. 아, 그래서 제가 아직 성공하지 못한 거였군요….

treinta.

여름방학 일기, 셋

: 달리와 로르카,
  그들이 사는 세상.

"여러분, 츄파춥스 로고를 디자인한 사람이 살바도르 달리인 거 아세요? 달리도 스페인 사람이에요."

선생님의 말에 눈을 크게 뜨고 놀란 표정을 했다. 츄파춥스의 창시자 엔릭 베르나르와 함께한 식사 자리에서 달리가 냅킨에 그 로고를 그려 주었다는 이야기는 익히 들어 알고 있었지만 그들이 스페인 사람이었을 줄이야. 츄파춥스는 2006년 이탈리아의 한 식품 업체에 매각됐다. 수많은 사람들의 치아 충전재를 강탈하기로(나도 아말감 치아를 하나 뺏겼다.) 악명 높은 츄잉 캔디 멘토스를 만드는 회사에. 적어도 내 주위에는 츄파춥스를 모르는 사람이 아무도 없는데. 그렇게나 대단한 회사를 다른 사람에게 넘기는 게 좀 아깝지 않았을까.

도서관에서 로르카의 시를 읽다가 로르카와 달리가 함께 찍은 사진을 발견했다. 이건 또 무슨 조합인가 싶었는데 나중에 검색해 보니 둘은 아주 절친한 사이였다고 한다. 워낙 특별한 관계였던 탓에 염문설까지 돌았던 모양이다. 로르카는 동성애자였으니까 두 사람이 정말 연인이었을지도 모르지. 하지만 달리는 소문을 딱 잘라 부인했다. 사실이든 아니든 그럴 수밖에 없었을 것이다. 로르카는 파시스트 정권의 블랙리스트였으니까. 목숨이 사라지면 사랑이든 우정이든 그런 게 다 무슨 소용일까.

솔직히 말하면 로르카의 시는 그다지 내 취향이 아니지만 이상하게 자꾸 마음이 간다, 그에게는. 애절한 사랑 얘기 같은 건 고양이 발톱만큼도 흥미 없지만.

과자 부스러기나 주워먹느라 한 끼도 제대로 챙기지 않은 주말. 레몬라임맛 츄파춥스 하나 입에 물고 침대에 비스듬히 누워 달리와 로르카를 생각한다. 사실 난 부럽다. '그사세'의 사람들이. 천재 시인과 전설의 화가, 세계적인 식품회사의 대표. 진짜 짜증나게 멋진 조합이잖아. 바깥의 세상은 매일 지루하고 거기에 예술 같은 건 없고. 나는 가끔 츄파춥스를 사 먹고, 로르카의 시를 읽고.

그러다 어떤 날에는 소문의 주인공이 되는 꿈을 꾸기도 한다. 거기 내 자리가 없다는 걸 알면서도. 사치 같다, 고작 이 정도 꿈이 내게는 사치 같아.

아, 지루해. 정말이지 슬프도록 지루한 거야. 여기는 그래.

treinta y uno

여름방학 일기, 넷

: 개학 전야.

- 전치사 외우기

- 시제 복습하기

- 불규칙 동사 변화 마스터하기

- 필기 정리하기

- 스페인 영화 두 편 보기

아무것도 끝내지 못했는데 방학이 먼저 끝나 버렸다. 내일은 다시 학원 가는 날. 한 달이 원래 이렇게 빨랐나. 뒤늦게 교재를 펼쳐 뭐라도 외워 보지만 하나도 머리에 들어오지 않는다. 잠깐, 이 상황 뭔가 익숙한데?

그랬지, 나는 초등학교 6년 내내 방학 숙제를 몰아서 하던 어린이였지. 사람 그렇게 쉽게 안 바뀐다더니 이 게으름은 지치지도 않고 여전히 내게 딱 붙어 있다. 아마 난 죽으면 나태 지옥에 떨어질 거야….

방학의 끝은 늘 아쉽다. 노는 것도 질린다는 말은 정말이지 희대의 개소리다.

treinta y dos

주말반 이야기

: 어쩌다 보니 세 번째 반.

도대체 반을 몇 번이나 옮기는 거냐고? 아니, 그러니까 이번에는 옮기고 싶어서 옮긴 게 아니라…. 이게 또 설명하자면 얘기가 길다. 일단 숨부터 한번 고르고. 휴.

한 달을 쉬었으니 원래 다니던 반으로 돌아갈 수는 없었다. 내가 베짱이처럼 빈둥거리는 동안에도 사람들은 성실하게 새로운 문법을 배우고 단어를 외우고 문제를 풀었을 테니까. 그나마 진도가 비슷한 건 월수 오전반이었다. 어차피 다른 일이 있는 것도 아닌데 요일이 무슨 상관이랴. 망설임 없이 그 반으로 가겠다고 대답했다.

그런데 세상에. 최소 인원 미달로 반이 사라질 줄이야. 그랬다. 9월은 학원의 주요 고객인 대학생들이 염라대왕보다 무서워한다는 바로 그 개강의 달이었던 것이다. 아무리 그래도 그렇지. 어떻게 네 명도 안 모일 수가 있어. 역시 나만 빼고 다들 바쁜 게 분명해. 흑흑.

남은 선택지는 두 개였다. 과묵한 직장인들과 함께하는 오후반과 미지의 세계 주말반. 일주일에 두 번 가는 대신 두 시간 수업인 오후반이냐, 한 번 가는 대신(그러니까 말이 주말반이지 실제로는 토요반이다) 세 시간 수업인 주말반이냐. 그것이 문제로다.

"문제긴 뭐가 문제야. 일주일에 한 번 가는 거면 당연히 주말반이지."

서울에 나가는 걸 나만큼이나 귀찮아하는 수원 사는 친구의 의견을 적극 반영해 결국 주말반을 선택했다. 역시, 장사꾼 마음은 장사꾼이 알고 경기도민 마음은 경기도민이 알지. 세 시간 연강은 정말 싫지만… 그건 토요일의 루시가 알아서 할 일이잖아요?

물론 토요일의 루시는 심기가 불편했다. 주말의 홍대는 도대체 왜 이렇게 붐비는 걸까. 홍대에 뭐 볼 게 있다고. 이제 다들 좀 신선한 곳에서 만나면 안 되는 걸까. 하다못해 토요일엔 학원에도 사람이 많았다. 대학생, 공시생, 직장인, 프리랜서…. 제일 어린 수강생은 열다섯 살이었다. 나이를 듣고 조금 놀랐다. 중학생도 시간을 쪼개 제2외국어를 배우는 세상이구나.

세 시간짜리 수업을 듣고 밖으로 나오니 오후 다섯 시 반. 인파를 헤치고 지하철역으로 내려갈 자신이 없어 버스를 타기로 한다. 맨 뒤에 앉아 기사님 몰래 야금야금 뜯어 먹는 파리바게트 슈크림빵은 왜 이렇게 달콤한지. 이럴 줄 알았으면 두 개 사는 건데.

창밖의 노을을 바라보며 서울을 벗어난다. 해가 저물고도 한참이 지나야 집에 도착할 것이다. 당분간의 토요일은 이런 모습이겠지. 벌써 다음 주가 걱정되지만 그건 뭐… 다음 토요일의 루시가 알아서 할 일이잖아요?

+ 그렇게 마지막 2개월, 고급 과정이 시작됐습니다. 인사 말고는 제대로 할 줄 아는 말도 없는데 고급 과정이라니. 말도 안 돼….

treinta y tres

나는 다른 걸 생각해

: 이토록 현실적인 대화.

친구 더비가 새로운 일자리를 구했다. 학원에서 중학생들에게 수학을 가르치는 일이다. 처음 소식을 들었을 때는 조금 놀랐다. 더비는 대학에서 폴란드어를 전공했기 때문이다. 하긴, 전공을 살리는 사람이 뭐 얼마나 된다고. 생각해 보면 그리 놀랄 일도 아니지. 퇴근 후 더비는 작은 회사의 사장이 된다. 놀랄 일은 오히려 이쪽인가. 아직 너무 작아서 사장이 곧 직원이지만 더비는 그 역할들을 모두 소화하며(그러다 가끔 체하기도 하며) 자신의 브랜드를 착실하게 키워 가고 있다.

나는 지난주에 강연을 했다. 낯선 사람들 앞에서 말하는 건 웬만하면 피하고 싶은 일이다. 쏟아지는 시선을 능청스럽게 받아내며 준비한 이야기를 풀어놓는 것. 나에게 그건 무슨 수를 써도 불가능한 일이기 때문이다. 한 시간 남짓한 강연을 마치고 집에 돌아와 꼬박 열 시간을 잤다. 노력만으로 되지 않는 일이 세상에는 무수히 많지만 그중 최고는 눌변이 달변이 되는 일이지 않을까. 휴, 말하기란 정말 피곤하다니까.

스무 살에 처음 만난 더비와 나는 이제 서른을 앞두고 있다. 우리는 비슷한 시기에 첫 입사와 퇴사를 했는데 그 이유마저 같았다. 돈이 필요해서 입사, 하고 싶은 일을 더는 미룰 수 없어서 퇴사, 다시 돈이 필요해서 입사. 그걸 몇 번 반복하다 보니 어느새 서른의 문턱까지 왔다. 하고 싶은 일을 지속하기 위해 감내해야 하는 싫은 일들과 적당히 타협하는 방법을 배우느라 20대의 대부분을 소진한 것이다. 우등생은 아니었는지 여전히 그게 어렵다.

홍대에서 한 정류장 떨어진 합정에는 몇 해 전 면접을 봤던 어학원이 있다. 비록 쥐꼬리 같을지라도 약속된 날 꼬박꼬박 들어오는 월급이 절실해 다시 회사의 문을 두드리던 때였다. 구직 사이트를 살살이 뒤져 어학원 데스크 자리를 찾았다. 그래, 딱 3년만 다니고 나오자. 다니는 동안 열심히 저축해서 그걸 야금야금 까먹으며 소설을 쓰는 거야.

사람이 급했는지 면접 자리에서 바로 입사가 결정됐지만 결국 그곳에 출근하지 않았다. (원래 쉽게 얻은 건 버리기도 쉽다.) 원장에게 전화를 걸어 미안하다는 말을 전하고 나서 긴 일기를 썼다. 적게 벌고 적게 쓰는 프리랜서의 삶이 그때부터 본격적으로 시작됐다. 버스를 타고 합정역을 지날 때마다 그곳의 간판을 본다. 그러면 기분이 참 묘하다. 지금의 생활을 언제까지 지속할 수 있을까, 나는 또 어디에서 면접을 보게 될까, 그토록 치를 떨던 회사로부터 탈출했는데 왜 아직도 소설을 쓰지 못했을까. 합정역 사거리는 온갖 생각들이 교차하는 구역.

어제 배운 30과 본문을 여기 옮겨 적어 본다. 합정역 사거리처럼 내 마음을 복잡하게 만들었던 까르멘과 마리아의 대화.

Carmen: 아, 피곤해. 오늘 정말 끔찍한 하루였어.
María: 왜, 무슨 일 있었어?

Carmen: 나 오늘 면접 봤거든.

María: 그래? 어땠어?

Carmen: 완전히 망했어. 면접관이 날 별로라고 생각한 게 틀림없어. 다른 애들이 더 마음에 들었나 봐.

María: 넌 똑똑하고 경력도 있잖아. 꼭 합격할 거야.

Carmen: 아냐, 이미 틀린 것 같아. 난 망했어!

María: 오, 친구야. 왜 이렇게 부정적이니? 거기 무슨 일 하는 곳인데?

Carmen: 사실 잘 몰라. 사무실에서 일하는 거 흥미 없거든. 난 사진이 좋아. 하지만 사진작가 일자리를 구할 수 없는걸….

María: 나도 지금의 내 일에 만족하지 않아. 그렇지만 극소수의 사람들만 원하는 일을 할 수 있는 거야.

Carmen: 그래, 네 말이 맞아. 대부분의 사람들은 그저 주어진 일을 할 뿐이지.

María: 하지만 그러다 보면 언젠가 우리가 원하는 일을 하게 될 거야.

밤낮없이 돌아가는 광고대행사, 사업 성공으로 돈 좀 불린 부잣집 도련님이 차린 강남의 카페, 대형마트 와인 코너, 없는 거 빼고 다 있는 종합 생활용품점, 어린이 테마파크, 동네 베이커리, 태권도장과 함께 운영하는 키즈 카페…. 내게 주어졌던 일자리들을 하나씩 떠올려 본다. 스스로 선택했지만 그 어떤 것도 진심으로 원한 적 없었다. 나는 늘 여기와 다른 곳을 꿈꿨고 그게 마치 대단한 이상이라도 되는 것처럼 여겼다.

　하고 싶은 일이 있다는 이유만으로 스스로를 특별한 사람이라 생각했지만 돌고 돌아 원하는 일 근처에 도달한 지금은 세상에 나처럼 평범한 사람이 또 없는 것 같다. 아닌가, 대한민국이 제시하는 평범한 사람의 조건에 나는 한참 미달일지도. 도착점이라 생각했던 이곳은 또 다른 출발점일 뿐이었다. 하기 싫은 일들은 여전히 존재하고 타협은 매번 처음처럼 어렵기만 하다. 어떤 순간에는 그게 조금 무섭고.

하고 싶은 일 속에서 하기 싫은 일을 마주칠 때. 그 빈도가 너무 잦은 것처럼 느껴질 때. 원하는 일이 원하지 않는 방향으로 흘러갈 때. 내게 주어진 일이 하찮아 보일 때. 그래서 자꾸만 다른 쪽으로 도망치고 싶을 때.

Tendré que pensar en otra cosa.
나는 다른 걸 생각해.

까르멘과 마리아를 찾아가 이런 마음을 털어놓으면 그들은 아마 이렇게 대답하겠지.

María: 모두가 원하는 일을 할 수는 없는 거야.
Carmen: 아무도 원하는 일만 할 수는 없는 거야.

이토록 현실적인 대화를 외국어 교재에서 만나게 될 줄은 정말 몰랐다.
그렇지, 루시?

treinta y cuatro

과거와 과거와
과거

: 지나치게 바른 문장.

요즘 나를 괴롭히는 건 아무리 공부해도 헷갈리는(사실 그렇게까지 열심히 하지도 않았지만) 망할 놈의 과거 시제 삼총사. 아니, 과거면 과거지 뭐 이렇게 종류가 다양하고 난리야. 오늘은 카페에서 그동안 배웠던 과거 시제들을 복습하느라 커피를 두 잔이나 마셨다. 아, 속 쓰려. 까먹지 않기 위해 여기 잘 정리해 본다.

1. 불완료 과거

과거의 반복적 습관을 나타낼 때 사용한다. 과거의 사람, 사물, 장소, 상황에 대한 소개나 묘사를 하는 경우에도 쓰여 활용도가 높다.

- 어린 시절 우리는 마당에 있는 나무 위에 올라가 놀곤 했었지.
- 너 어제 경찰서 앞에서 뭘 하고 있었던 거야?
- 그곳의 사람들은 키가 크고 부지런했으며 대체로 과묵한 성격이었다.
- 스페인에 살았을 때 나는 열일곱 살이었다.

- 그해 여름에는 비가 많이 내려서 정원이 항상 물에 젖어 있었다.

2. 단순 과거(부정 과거)

과거의 어느 한 순간에 발생한 사건을 표현할 때 사용한다. 시작과 끝이 분명하게 존재하는 행위에 대해 말할 때도 쓰인다.

- 그는 1년간 한국에서 살았다.
- 어젯밤 우리는 축구 경기를 했다.
- 나는 수요일 오후에 뮤지컬을 관람했다.
- 내 동생은 1992년 12월 2일에 태어났다.
- 지난주 일요일에 할머니 댁에 방문했다.

3. 과거 완료(대과거)

과거의 과거. 과거의 어떤 시점을 기준으로 그 이전에 발생한 사건을 표현할 때 사용한다.

- 내가 그곳에 도착했을 때 친구들은 모두 떠난 뒤

였다.

- 경찰이 왔을 때 사건은 이미 종료됐다.
- 그는 지난주에 스페인에 다녀왔다고 말했다.
- 선생님께 전화를 걸었지만 그는 집을 나선 뒤였다.
- 내가 그를 만났을 때 그는 이미 언니에게 소식을 들었다고 했다.

따지고 보면 정말 쉬운 개념인데. 한국어로 바꿔 생각하면 이해하고 말고 할 것도 없는데 따로 이름을 붙여 배우려니 괜히 어렵게 느껴진다. 각각의 시제마다 달라지는 동사 변화를 외우는 건 정말로 어렵지만.

모국어로 말할 때 시제를 의식하는 사람이 있을까. 특별한 경우가 아니라면 그냥 입에서 나오는 대로 자연스럽게 말할 것이다. 말을 배우는 게 먼저, 문법은 그 다음. 당연한 순서를 무시하고 언어를 배우려니 좀처럼 말이 늘지 않는다. 바른 문장에 지나치게 집착하느라 결국 어떤 문장도 말하지 못한다. 스페인어는 아직 내게 어렵고 서먹한 친구. 이것저것 신경쓰고 눈치를 살피느라 점점 더 어색해진다.

"어제 뭐 했어?" 누군가 물어보면 "마트 갔었어." 자연스럽게 대답하고 싶은데. 인칭부터 시제까지 하나하나 꼼꼼히 따져 보다 한참이 지난 뒤에야 겨우 이렇게 대답하는 것이다.

"나는 어제 가족들과 함께 마트에 다녀왔습니다."

treinta y cinco.

muela de juicio

: 판단의 어금니.

어제는 종합병원에 갔었다. 큰 병원에 환자로 간 건 초등학교 시절 이후로 처음이라서 바짝 긴장한 채 얼어 있었다. 잔병치레가 잦으면 크게 아플 일은 없다는 말이 정말인지 그동안은 자잘한 병원에만 뻔질나게 드나들었다.

이번에 말썽을 부린 건 사랑니. 어금니보다 덩치도 큰 게 어쩌나 심술스럽게 났는지 동네 치과에서는 모두 손사래를 쳤다. 하는 수 없이 종합병원에 가서 엑스레이를 찍고 발치 예약을 잡았다. 대기 환자가 너무 많아서 꼬박 한 달 하고도 보름을 기다려야 한단다. 매도 먼저 맞는 게 낫다고 기다리는 동안 마음이 영 편치 못하겠지.

사랑니는 왜 사랑니일까. 어원에 관한 몇 가지 주장이 있기는 하지만 사랑이 무엇인지 깨달을 때쯤 나는 이라서 사랑니라고 부른다는 이야기가 가장 보편적이다. 쓸데없이 낭만적인 이름이라고 생각한다. 잇몸을 찢고 뼈를 깎게 만드는 무시무시한 치아의 이름이 사랑니라니.

스페인에서는 사랑니를 'muela de juicio'라고 부른다. 직역하면 판단의 어금니. 무언가를 판단할 수 있을 만큼 철이 들면 나는 이라는 뜻이다. 다른 나라도 비슷하다. 영어로는 'wisdom teeth', 프랑스어로는 'dent de sagesse'. 둘 다 지혜의 이라는 뜻을 가지고 있다.

판단의 어금니를 전부 뽑고 나면 지금보다 성숙해질까. 그러면 조금 더 나은 판단을 할 수 있을까. 그런 건 모르겠고 그냥 엄청나게 아플 것 같다. 아, 치과 가기 싫어….

treinta y seis.

프리랜서 생활 백서

: 조직 밖의 사람이
  업무 시간을 보장받는 법.

인간으로 사는 게 영 적성에 맞지 않는다는 생각이 들 때가 있다. 그런 생각은 대부분 인간 때문에 든다. 인간은 사람 인(人)에 사이 간(間)을 써서 인간이라는데. 그래서 사람 없이는 살 수가 없다는데. 나는 왜 이렇게 사람이 어렵고 힘들까. 아무리 생각해 봐도 실수가 있었던 게 분명하다. 고양이로 태어났어야 했는데 사람으로 태어나서 이렇게 힘든 거야, 휴.

최근에는 몇몇 친구들에게 서운함을 느꼈다. 주로 약속을 잡으면서였다. 매일 정해진 시간에 출근하지 않는 나는 비교적 시간을 자유롭게 쓸 수 있다. 경제적 안정과 시간적 여유를 맞교환한 결과다. 불안함을 느낄 때는 많지만 아직까지는 그 선택을 후회하지 않는다. 자유롭게 쓸 수 있는 시간이 극단적으로 줄어들 때 나는 세상에서 가장 부정적인 사람이 된다.

그래서 약속을 잡을 때는 주로 상대에게 시간을 맞추는 편이다. 상대가 직장인이라면 더더욱. 매일 출근하는

사람에게 회사 밖의 시간이 얼마나 찰나 같은지, 그게
얼마나 소중하고 아까운지 잘 알기 때문에 하는 배려다.
생색내고 싶은 마음은 없었다. 말로 표현하지 않을 뿐이
지 속으로는 약간의 고마움이라도 느끼고 있을 거라고
생각했는데….

"토요일에 시간 돼?"

"토요일은 안 돼. 학원 가는 날이거든."

"그냥 빠지면 되잖아."

아무리 그래도 이런 식이면 곤란한 거다. 스페인어를
배우는 게 의무나 강제는 아니지만 책을 내기로 약속한
이상 마냥 취미일 수는 없는데. 수업을 듣는 것도 내 업
무의 일환이라고, 네가 그렇게 쉽게 빠지라고 할 수는
없는 거라고 말하고 싶었다. 하지만 말하지 못했다.

"안 돼, 그래도 학원은 못 빠져."

인생을 즐길 줄 모르는 고지식한 모범생처럼 대답한 게 전부였다. 결국 다른 날로 약속을 잡고 대화를 끝냈다.

"프리랜서는 남들이 나를 자유롭게 이용할 수 있어서 프리랜서야." 프리랜서 선배들이 농담처럼 하던 말을 이런 식으로 실감하니 씁쓸했다. 언제나, 누구에게나 열려 있어야 마땅한 공공재가 된 기분이었다. 조직 밖의 삶이란 원래 이런 걸까. 그렇게까지 대단한 일도 아니었는데 한동안 기분이 좋지 않았다.

얼마 전 다른 프리랜서 친구와 이야기를 나누다가 깨달았다. 그때 그렇게 오랫동안 기분이 가라앉아 있었던 이유를. 친구에게 서운했던 것도 사실이었지만 그보다 나 자신에 대한 서운함이 훨씬 컸던 것이다. 차분히 설명하면 될 일이었다. 네가 회사에 출근해 일하는 것처럼 나도 일을 한다고, 다만 회사 밖에서 혼자 할 뿐이라고. 하지만 그러지 못했던 건 내 일을 내가 인정하지 못해서였다.

늘 그런 식이었던 것 같다. 책이 몇 부 이상 팔리면, 하루도 거르지 않고 매일 정해진 분량만큼 글을 쓰면, 글 쓰는 일로 생활을 유지할 수 있게 되면, 공모전에 입상하고 나면. 언제나 그런 식으로 조건을 걸어 미래로 유예했다. 스스로를 작가라 칭하는 일도, 글쓰기를 일로 인정하는 일도 아직은 이르다고 생각했다. 내가 내일을 인정하지 못하는데 어느 누구에게 인정을 바랄 수 있을까.

나 오늘은 일이 많아서 안 돼. 지금 일하는 중이니까 나중에 다시 연락할게. 일이 밀려서 어제 늦게까지 바빴어. 이제라도 천천히 그런 말들을 연습하는 중이다. 조직에 소속되지 않은 사람이 업무 시간을 보장받는 방법은 단 하나였다. 다른 사람에게 기대거나 기대하지 않고 스스로 확보하는 것.

어느덧 3년차 프리랜서. 매일 흔들리고 그러다 가끔 넘어지기도 하지만 조직 밖에서 나는 꾸준히 성장하는 중이다. 이루고 싶은 목표를 향해 내 두 발로 걸어가는 기쁨을 조금씩 알아가고 있다. 누가 뭐래도 글쓰기는 나의 소중한 일. 충분하지 않을지는 몰라도 분명한 밥벌이다. 그걸 잊지 말아야 해.

treinta y siete

엄마라는 이름

: 우리 동네 카페의
 끔찍한 선곡 센스.

싫어하는 것들에 대해 쓴 글을 모아 책을 만들고 싶다는 생각을 한 적이 있다. 제목은 《불만집》 정도면 어떨까. 불만을 가지고 있는 것들에 대해 주절주절 떠드는 책. 쓰는 사람만 재밌으려나? 뭐 어때, 나는 불만이 많은 사람이니 적어도 분량 걱정은 없겠지.

그런 책을 쓴다면 꼭 넣고 싶었던 것들 중 하나에 대해 말해 보려고 한다. 아껴 놓으려고 했던 아이템이지만 어차피 귀찮아서 쓰지 않을 테니까. 휴, 이 게으름을 정말 어쩌지. 말이 나온 김에 부지런한 사람만 추앙하고 게으른 사람은 죄인 취급하는 세상에 대한 불만도 써 보면 어떨까. 물론 귀찮지 않다면….

요즘은 글을 쓰러 카페에 간다. 집 밖으로 나가지 않고 한 편의 글을 완성하는 일은 무모한 도전이나 마찬가지다. 내 집중력은 대한민국 성인 평균 이하고 네 식구가 사는 집은 늘 필요 이상으로 번잡스러우니까.

작업을 할 때는 아담하고 개성 있는 개인 카페보다 크

고 투박한 프랜차이즈 카페를 선호하는 편이다. 콘센트 좌석도 넉넉하고 테이블 간격도 넓으니까. 우리 동네에는 그런 카페가 세 개 있는데 그중 한 곳에는 웬만하면 가지 않는다. 아주 맛있는 밀크티와 그보다 더 훌륭한 케이크가 있지만 나오는 노래가 너무나 끔찍하기 때문이다.

이 글에서 씹을 건 그 카페의 선곡 센스다. 본사의 선곡인지 매장 직원의 선곡인지 모르겠지만 그곳에서 흘러나오는 노래에는 약 65.8퍼센트의 확률로 '마더퍼커'라는 욕이 등장한다. 볼륨은 또 어찌나 높은지. 차분한 마음으로 글을 쓰고 있는데 귓가에 '마더퍼커'라는 말이 울려 퍼지면 그것만큼 기분 잡치는 일도 없다.

2017년 엘 클라시코(FC 바르셀로나와 레알 마드리드의 더비 경기)에서는 세계적인 축구선수 리오넬 메시가 논란의 대상이 됐다. 경기 도중 상대팀인 레알 마드리드의 주장 세르히오 라모스에게 욕을 한 것이다. 사건의 개요는 이렇다. 라모스의 파울로 FC 바르셀로나가 프리킥 기회를 얻게 되었다. 파울을 당한 메시가 공을 달라는 제스처를 취했지만 라모스는 이를 무시했다. 메시가 재차 요구하자 라모스는 메시의 머리 위로 공을 던져 버렸다. 이에 격분한 메시는 라모스에게 외쳤다.

"¡La concha de tu madre!"

나야 뭐 월드컵에도 별 흥미가 없고 이름과 얼굴을 매치할 수 있는 현직 축구선수가 다섯 명도 되지 않는 축구 무관심자라서 메시가 스페인어를 쓴다는 사실도 최근에 알게 됐지만(솔직히 고백하자면 메시가 미국이나 영국 사람인 줄 알았습니다…) 축구팬들 사이에서는 꽤 유명한 사건이었던 모양이다.

'la concha'는 조개를, 'tu madre'는 너의 엄마를 뜻하는 스페인어다. 그러니까 그 말은 상대방 어머니의 성기를 들먹이는 욕이었던 것이다. 조개라는 단어가 여성의

성기를 지칭하는 비속어로 쓰이는 건 한국이나 아르헨티나나 마찬가지다.

얼마 전에는 인터넷에 올라온 한 중학교 학생들의 반 단체 카톡방 대화가 사람들을 경악하게 만들었다. 대화방 속 남학생들이 서로를 향해 던지는 욕설의 수위는 상상을 초월했다. 무엇을 상상하든 그 이상으로 저급해서 차마 이 고상한 책에 그대로 옮겨 적을 수가 없을 정도다. 욕설의 대부분은 상대방의 어머니를 성적으로 모욕하는 말이었다. 사진을 통해 보는 것만으로도 수치심이 느껴지는 지저분한 말들. 그런 말들이 반 학생들이 모두 있는 대화방에서 버젓이 오갔다. 이를 지적하는 아이들이 또래 집단 내에서 어떤 취급을 받을지 생각해 보면 상황은 한층 더 막막해진다.

심지어 초등학교에서까지 이런 일이 빈번하게 일어난다는 사실에 환멸을 느낀다. 고작 열댓 살밖에 되지 않은 아이들이 도대체 어쩌다 이 지경까지 됐을까. 세상은 이토록 병들었고 자정작용은 일어나지 않는다. 이 모든 일들이 내게는 엄청나게 절망적인데 함께 심각성을 느끼는 사람들은 한 줌도 되지 않는다. '마더퍼커'라는 욕을 쓰지 않았으면 좋겠다고 주장하려면 이런 멸칭으로 불릴 것을 감수해야 한다. 샌님, 꼴페미, 여성우월주의자, 프로불편러, 꽈배기. 결국 교실은 세상의 축소판이다.

  '마더퍼커'는 있어도 '파더퍼커'는 없다. 엄마는 걸어도 아빠는 걸지 않는다. 욕에는 왜 항상 엄마가 들어갈까. 수많은 비속어는 왜 여성 혐오를 기반으로 탄생했을까. 그게 어째서 이토록 당연하게 받아들여질까. 이런 문제에 대한 생산적인 토의는 왜 내 주변 어디에서도 가능하지 않을까. 나도 긍정적인 마음으로 세상을 좀 아름답게 바라보고 싶은데 도대체 언제쯤 그럴 수 있을까.
  비속어는 그 나라의 문화를 보여준다. 동양에서든 서양에서든 엄마라는 이름은 늘 성녀 아니면 창녀로 소비

된다. 나의 나라 한국에서도 메시의 나라 아르헨티나에서도, 카페 재생목록 속 힙합 가수들의 나라에서도. 이런 식의 불만을 나는 정말 밤새도록 쏟아낼 수도 있다.

treinta y ocho.

당신의 언어가
나에게 오기까지

: 번역 과정에서 사라지는 것들.

좋아하는 소설가의 신작이 출간됐다. 아껴 읽고 싶은 마음 반, 다음 이야기가 궁금한 마음 반. 결국 참지 못하고 끝을 보고야 말았다. 아쉬움 가득한 눈길로 마지막 페이지를 오래 들여다보다가 문득 이런 생각을 했다. 한글을 읽을 줄 알아서 다행이야. 이 작가와 같은 언어를 쓴다는 건 정말로 행운이야.

나는 동시대 한국 작가들의 소설에 유독 쉽게 매혹된다. 이유는 크게 두 가지다. 비슷한 문화와 경험을 공유하는 사람들의 창작물이라서. 그리고 또 하나, 번역을 거치지 않은 글이라서. 외국 작가의 책을 읽다 보면 어느 순간 지금 읽는 글이 번역된 것이라는 느낌이 든다. 원서를 읽어 본 경험이 없어도 알 수 있다. 오직 그 소설에서만 느낄 수 있는 감정과 분위기. 그 소설의 정체성을 형성하는 요소의 일부가 번역 과정에서 사라지거나 훼손된다는 것을.

내가 읽은 《상실의 시대》는 일본인이 읽은 그것과 똑같을까. 영국인이 읽은 《채식주의자》는 한국인이 읽은 그것과 똑같을까. ('그것'이라는 말도 번역체라서 너무 거슬린다) 아무리 훌륭한 번역가라도 이 문제로부터 완벽하게 자유로울 수는 없을 것이다. 번역이란 너무도 섬세하고 까다로운 작업이니까.

요즘은 수업 시간마다 짧은 동화를 한두 편씩 읽는다. 한 페이지 분량으로 거칠게 압축한 〈미운 오리 새끼〉와 〈백설공주〉, 꼬마 생쥐가 등장하는 스페인의 전래동화 같은 것들. 질리도록 보고 들어서 이미 다 아는 이야기인데도 독해 숙제를 하려면 꼬박 몇 시간이 걸린다. 단어장에 있을 때는 익숙했던 단어들이 글 속에 있으면 왜 이렇게 낯설게만 느껴지는지. 정말 알다가도 모를 일이다.

별다른 감흥을 느끼지 못했던 로르카의 시를 스페인어로 읽었다면 달랐을까. 그의 언어가 나의 언어로 번역되는 동안에도 어떤 것들이 사라졌을까. 언젠가 스페인어권 젊은 작가들의 소설을 원서로 읽게 되는 날을 상상해 본다. 언어의 국경을 자유롭게 넘나들며 그들의 문장을 날것 그대로 흡수하는 날을. 소름이 돋을 정도로 멋진 책의 마지막 페이지를 쓰다듬으며 이렇게 말할지도 모를 일이다.

역시 스페인어를 배우길 잘했어. 이 작가의 언어를 이해한다는 건 정말로 행운이야!

treinta y nueve

루시를 반납하며

: 마지막 수업에는
  가지 못했습니다.

현관 바로 앞에 있는 내 방에서는 거실의 소리가 전부 다 들린다. 거실에서 나는 소리의 절반 이상은 텔레비전 소리. 어떤 날에는 태진아 아저씨의 동반자를 들으며 글을 쓰고, 또 어떤 날에는 송해 할아버지의 경쾌한 외침을 들으며 책을 읽는다.

　어젯밤에는 예능 프로그램 출연자들이 한바탕 웃고 떠드는 소리를 들으며 핸드폰을 만지고 있었다. 열일곱 마리쯤 되는 인스타그램 랜선 고양이들의 안부를 살피다 멈칫, 손이 멈추고 귀가 열렸다. mucho(많은), tenemos(가지고 있다), pollo(닭고기), media(절반의), esos(그것들), también(또한), cuántos(약간)…. 토막토막 들리는 짧은 단어들은 분명 스페인어였다.

　침대와 하나가 된 몸을 벌떡 일으켜 거실로 나왔다. 텔레비전 화면 속에서는 귀여운 백발의 할머니가 바쁘게 손을 움직여 음식을 만들고 있었다. 할머니는 코스타리카 사람이었다. 닭이 들어간 음식이라 pollo라는 단어가 들렸구나. 코스타리카에서도 스페인어를 쓰는구나. 할머니의 말은 무척 빨랐지만 정신을 바짝 차리면 분명하게 들리는 단어들이 있었다.

낯선 언어를 배우기에는 너무 짧았던 7개월. 그다지 성실한 학생은 아니었지만 그럼에도 그 시간과 노력은 내게 어떤 결과를 안겨 주었다. 텔레비전에 나오는 스페인어권 사람들의 말에서 아는 단어를 찾아내고, 7727번 버스를 타고 홍대에 갈 때면 지나치는 조그만 카페의 이름이 스페인어였다는 사실도 알게 되고, 학원에서는 비록 열등생이었지만 학원 밖에서 스페인어를 만날 때면 나름대로 아는 척도 해 보고. 소박한 결과도 늘 선물 같았다. 배움의 결실을 확인하는 기쁨을 아주 오랜만에 느껴 보았다.

첫 수업을 들었던 건 벚꽃이 만발했던 4월. 봄과 여름 그리고 가을을 지나 어느덧 겨울에 도착했다. 솔직히 고백하자면 마지막 수업에는 가지 못했다. 삶에는 여전히 스페인어보다 중요한 것들이 많았다. 마지막 에피소드는 꼭 마지막 수업 이야기로 장식하겠다는 당초의 계획은 결국 지키지 못하게 되었다. 아, 역시 그때 놀러가지 말고 학원에 가는 거였는데….

아쉬운 대로 혼자서 조용히 루시로 살았던 7개월의 시간을 되돌아본다.

새로운 이름이 어색하고 낯설기만 했던 루시, 버스를 기다리며 도블레 에레 발음을 연습하던 루시, 홍대 골목을 누비고 다니던 루시, 문제 푸는 시간만 되면 한없이 작아졌던 루시, 보충 수업에서 동명이인을 만나 당황했던 루시, 수업을 듣기 싫어서 혼자 노래방에 갔던 루시, 지하철에서 쓰러졌던 루시, 스페인어를 미워했던 루시, 학원 엘리베이터를 놓치고 혼잣말로 욕하던 루시, 백화점에서 스페인 주방용품 브랜드의 이름을 읽고 우쭐했던 루시, 어딜 가든 단어장을 가지고 다니던 루시.

수많은 루시들을 뒤로하고 나는 다시 현으로 돌아왔

다. 루시라는 이름을 반납한 하현의 삶에서도 스페인어 공부는 계속될까. 의무를 다한 뒤에도 스페인어를 배우게 된다면 그때의 마음은 어떤 단어에 가장 가까울까. 지금 알고 있는 스페인어를 다 까먹는 게 먼저일까, 스페인으로 여행을 가는 게 먼저일까.

아직은 아무것도 알 수가 없다.

정붙인 적 없다고 생각했는데 막상 루시를 놓으려니 서운함이 밀려온다.

cuarenta.

에필로그

: 미안하지만 열린 결말입니다.

이 글을 쓰기 시작한 지금은 2018년 12월 31일 오후 열한 시 정각이다. 거실 텔레비전에서는 〈KBS 연기대상〉이 방영되고 있다. 배우들은 감격에 젖은 목소리로 수상소감을 말하고 나는 이미 두 번이나 어긴 마감 약속을 또 한 번 어기고 초조한 마음으로 방에 앉아 글을 쓴다. (올해가 끝나기 전까지는 원고를 넘기기로 했는데, 이런⋯.)

오늘은 지혜의 어금니, 그러니까 사랑니를 뽑은 지 5일째 되는 날이기도 하다. 오른쪽 어금니 뒤에 있는 실밥 때문에 침을 삼킬 때마다 잇몸이 당기는 느낌이 든다. 아빠에겐 저녁에 짜증을 냈고 엄마는 여기저기 몸이 아프고 경영 악화로 일자리를 잃은 동생은 방에서 시끄럽게 게임 중이다. 도대체 희망과 낭만 같은 건 눈을 씻고 찾아봐도 보이지 않는 연말인 거다. 아주 먼 곳으로 도망치면 좀 달라지려나. 예를 들면 스페인 같은 곳으로.

내일은 아침 일찍 카페에 가서 혼자 시간을 보내기로

했다. 새해 첫날부터 사람들과 부대끼는 건 딱 질색이니 이왕이면 사무실이 많은 동네로 갈까 생각 중이다. 얼른 쓰고 싶은 걸 참느라 애를 먹었던 새 다이어리도 가지고 가야지. 반나절쯤 그렇게 시간을 보내고 나면 기분이 조금은 나아지지 않을까.

다이어리의 첫 페이지에는 이번에도 어김없이 새해 목표를 적을 것이다. 진부해도 어쩔 수 없다. 꾸준히 운동하기, 혼자 호텔로 휴가 가기, 단편소설 쓰기, 보증금 모아서 독립하기, 남은 사랑니 빼기, 라면 조금만 먹기, 고전 읽기, 개명 신청하기. 반은 지킬 수 있으려나.

외국어 공부를 목록에 넣을지 말지는 아직 결정하지 못했다. 스페인어를 본격적으로 공부해 볼까, 넷플릭스 이용권을 끊어 드라마로 영어 공부를 해 볼까, 아니면 요즘 한창 관심 많은 독일어를 배워 볼까. 어쩌면 몇 년 전 2급을 땄던 한국어 능력시험 1급에 도전할 수도 있겠지. 약간의 강제성이 없으면 몸을 움직이지 않는 게으름뱅이라 결국 아무것도 하지 않을 가능성이 가장 클지도 모르겠다.

나는 열린 결말이 싫다. 소설이든 영화든 드라마든 한 세계의 문을 열었으면 떠날 때는 제대로 닫아 줬으면 좋겠다. 이런 식으로 끝내다니 무책임해. 남은 사람은 어떡하라고! 열린 결말로 작품을 끝낸 창작자들을 그동안 실컷 욕했으면서 나도 똑같은 악행을 저지른다. (혹시나 저처럼 열린 결말을 싫어하는 분이 있다면 심심한 사과의 말씀을 드립니다.)

이 책은 그냥 이렇게 끝난다. 스페인어를 통해 뭔가 대단한 걸 성취하지도, 새로운 계획을 세우지도, 하다못해 스페인행 항공권을 예매하지도 못한 채로. 루시가 열어 놓은 문을 나는 아직 어떻게 닫아야 할지 모르겠다. 루시의 이야기는 끝났을지 몰라도 나의 이야기는 지겹도록 오랫동안 계속될 것이기에.

내일의 마음이라는 건 너무도 가까운 동시에 아득하게 멀다. 오늘의 나는 내일의 내가 내릴 결정을 짐작도

예측도 하지 못한다.

　이 글을 마치는 지금은 2019년 1월 1일이다. 가족들은 모두 잠들었고 나는 지인들과 새해 인사를 주고받다가 다시 노트북 앞에 앉았다. 첫 문장을 쓰기 시작했을 때는 장편드라마 부문 우수상 시상이 진행되고 있었는데 대상을 누가 받았는지는 결국 보지 못했다. 마지막 문장에 마침표를 찍고 나면 검색해 봐야지.

　한 해의 출발선에서 무언가를 끝내려니 기분이 묘하다. 그래서 자꾸만 쓸데없는 이야기를 늘어놓게 된다. 루시라는 이름으로 불리는 동안 보고 듣고 느꼈던 것들. 그것들은 아주 오랜 시간이 지난 뒤에도 내 안에 어떤 형태로 남아 나라는 사람을 만드는 재료로 쓰일 것이다. 루시가 남긴 흔적을 발견할 때마다 나는 속으로 이렇게 외치겠지.

　¡Hola, Lucy!

✚   검색해 보니 이번 대상은 유동근과 김명민의 공동 수상이었다고 하네요. 한 해 동안 수고한 루시와 현에게도 공동으로 대상을 주고 싶습니다. 아마도 이 책이 상이 되겠죠? 안락한 침대와 매혹적인 핸드폰의 유혹에 넘어가지 않고 마지막 페이지까지 함께 와주신 독자님께 이 영광을 돌립니다. ¡Muchas gracias! 대단히 고맙습니다!

¡Muchas gracias!